भारत के पराक्रमी राजा

भारत के पराक्रमी राजा

महेश दत्त शर्मा

ज्ञान गंगा, दिल्ली

प्रकाशक : ज्ञान गंगा, 2/42, अंसारी रोड, दरियागंज, नई दिल्ली-110002
सर्वाधिकार : सुरक्षित / संस्करण : 2025 / मूल्य : तीन सौ रुपए
मुद्रक : आर-टेक ऑफसेट प्रिंटर्स, दिल्ली ISBN 978-81-19758-26-5

BHARAT KE PARAKRAMI RAJA
by Shri Mahesh Dutt Sharma ₹ 300.00
Published by **GYAN GANGA**
2/42, Ansari Road, Daryaganj, New Delhi-110002

प्रस्तावना

भारत का एक समृद्ध और विविधता भरा इतिहास है, जो कई सहस्राब्दियों तक फैला हुआ है, जिसमें कई साम्राज्यों, राज्यों और राजवंशों का सदियों से उदय और पतन होता रहा है। प्रत्येक युग ने एक स्थायी विरासत छोड़ी है, जो भारत की संस्कृति, परंपराओं और पहचान को आकार देती रही है। जबकि मुगल सम्राट अक्सर भारतीय इतिहास की पुस्तकों और लोकप्रिय संस्कृति का विषय होते हैं, अत: यह महत्त्वपूर्ण है कि भारत के अतीत को आकार देने में मदद करने वाले अन्य महान् राजाओं और नेतृत्वकर्त्ताओं के योगदान को नजरअंदाज न किया जाए।

यह पुस्तक 'भारत के पराक्रमी राजा' उन सम्राटों को श्रद्धांजलि है, जिन्होंने भारत के अतीत पर अपनी छाप छोड़ी है, लेकिन अकसर उनकी अनदेखी की जाती रही है। मौर्य राजवंश से लेकर चोलों तक यह पुस्तक भारत के कुछ सबसे प्रभावशाली और शक्तिशाली शासकों के जीवन और उनकी उपलब्धियों को उजागर करती है। उनकी कहानियों के माध्यम से हम भारत के समृद्ध इतिहास और इसे आकार देने वाली ताकतों की गहरी समझ हासिल कर सकते हैं।

पुस्तक में मौर्य साम्राज्य से लेकर मराठा साम्राज्य तक, प्रत्येक अध्याय में किसी विशेष राजा या राजवंश के शासन के साथ-साथ उनकी उपलब्धियों और चुनौतियों का विस्तृत विवरण दिया गया है। इनके इतिहास के माध्यम से पाठक भारत के अतीत को आकार देने वाली राजनीतिक, सामाजिक और सांस्कृतिक ताकतों की गहरी समझ हासिल करेंगे।

मौर्य साम्राज्य, जो 321 से 185 ई. तक चला, प्राचीन भारत में सबसे शक्तिशाली और प्रभावशाली साम्राज्यों में से एक था। इस पुस्तक में मौर्य सम्राट अशोक के शासनकाल को शामिल किया गया है, जो बौद्ध धर्म अपनाने और अपने

राज्य में शांति और सद्भाव को बढ़ावा देने के प्रयासों के लिए प्रसिद्ध हैं। हम चंद्रगुप्त मौर्य और बिंदुसार जैसे अन्य मौर्य सम्राटों के शासनकाल के बारे में भी जानेंगे, जिन्होंने साम्राज्य का विस्तार किया और एक मजबूत केंद्रीकृत सरकार की स्थापना की।

समय के साथ आगे बढ़ते हुए पुस्तक गुप्त साम्राज्य को शामिल करती है, जो 320 से 550 ई. तक फला-फूला। इस समय के दौरान भारत ने पर्याप्त सांस्कृतिक और वैज्ञानिक प्रगति का अनुभव किया और गुप्त राजाओं ने इस विकास को बढ़ावा देने में महत्त्वपूर्ण भूमिका निभाई। पुस्तक में गुप्त सम्राट समुद्रगुप्त के शासनकाल को शामिल किया गया है, जिन्हें भारतीय इतिहास के सबसे महान् राजाओं में से एक माना जाता है, साथ ही उनके उत्तराधिकारी चंद्रगुप्त द्वितीय और कुमारगुप्त भी।

पुस्तक में चोल राजवंश के शासनकाल को भी शामिल किया गया है, जिसने 9वीं से 13वीं शताब्दी ई. तक दक्षिणी भारत पर शासन किया था। चोल राजा अपने सैन्य कौशल, कला और साहित्य के संरक्षण के लिए जाने जाते थे। इस पुस्तक में राजेंद्र चोल जैसे कुछ प्रमुख चोल राजाओं के शासनकाल को शामिल किया गया है, जिन्होंने दक्षिण-पूर्व एशिया के कुछ हिस्सों को शामिल करने के लिए साम्राज्य का विस्तार किया और राजा चोल, जिन्होंने शानदार बृहदेश्वर मंदिर का निर्माण किया।

समय के साथ आगे बढ़ते हुए पुस्तक में विजयनगर साम्राज्य के शासनकाल को शामिल किया गया है, जो 1336 से 1646 ई. तक चला था। विजयनगर के राजाओं ने दक्षिणी भारत के राजनीतिक और सांस्कृतिक इतिहास में एक महत्त्वपूर्ण भूमिका निभाई और पुस्तक में कुछ सबसे प्रमुख राजाओं के शासनकाल को शामिल किया गया है, जैसे-कृष्णदेवराय, जो कला एवं साहित्य के संरक्षक थे और बुक्का राय प्रथम, जिन्होंने साम्राज्य की स्थापना की।

इस पुस्तक में मराठा साम्राज्य के शासनकाल को भी शामिल किया गया है, जो 1674 से 1818 ई. तक चला। मराठा राजाओं ने भारत के राजनीतिक इतिहास में एक महत्त्वपूर्ण भूमिका निभाई और शिवाजी जैसे कुछ सबसे प्रमुख राजाओं के शासनकाल को भी शामिल किया गया है, जिन्होंने साम्राज्य की स्थापना की और भारतीय स्वतंत्रता आंदोलन के नायक माने जाते हैं और पेशवा बाजी राव, जिन्होंने साम्राज्य का विस्तार किया और एक मजबूत केंद्रीकृत सरकार की स्थापना की।

इस पुस्तक के दौरान पाठक भारत के अतीत को आकार देने वाली राजनीतिक, सामाजिक और सांस्कृतिक ताकतों की गहरी समझ हासिल करेंगे। अपने साम्राज्य का विस्तार करने के लिए इन राजाओं द्वारा अपनाई गई रणनीतियों

और उनके शासनकाल को प्रभावित करने वाले धार्मिक एवं सांस्कृतिक आंदोलनों और आधुनिक भारत पर उनकी विरासत के प्रभाव के बारे में जानेंगे।

इसके अलावा यह पुस्तक भारत के इतिहास की विविध और बहुआयामी प्रकृति के बारे में अंतर्दृष्टि प्रदान करती है। यह विभिन्न क्षेत्रों और राजवंशों के नेताओं की उपलब्धियों और भारत के सांस्कृतिक एवं राजनीतिक परिदृश्य में उनके अद्वितीय योगदान पर प्रकाश डालती है। इन विभिन्न दृष्टिकोणों की खोज करके, यह पुस्तक भारत के अतीत की सूक्ष्म और व्यापक समझ प्रदान करती है।

इस पुस्तक को लिखने में हमने इन महान् राजाओं के शासनकाल का एक संतुलित और वस्तुनिष्ठ विवरण प्रस्तुत करने का लक्ष्य रखा है। उनकी उपलब्धियों का जश्न मनाते हुए हमने उन चुनौतियों और विवादों को भी स्वीकार किया है, जो उनके शासनकाल को चिह्नित करते हैं। हमने भारत के अतीत का एक व्यापक और सटीक विवरण प्रदान करने के लिए ऐतिहासिक ग्रंथों, जीवनियों और विद्वानों के लेखों सहित कई प्राथमिक और माध्यमिक स्रोतों से संदर्भ लिया है।

हमें उम्मीद है कि यह पुस्तक पाठकों को भारत के समृद्ध और विविध इतिहास में गहराई तक जाने और इसके कई महान् नेताओं के योगदान की सराहना करने के लिए प्रेरित करेगी। मेरा यह मानना है कि अपनी साझी विरासत को समझकर और उसका जश्न मनाकर हम एक अधिक समावेशी और सामंजस्यपूर्ण भविष्य बना सकते हैं।

अंत में, 'भारत के पराक्रमी राजा' भारत के समृद्ध और विविध इतिहास के स्थायी प्रभाव का एक वसीयतनामा है। इन महान् राजाओं की कहानियों के माध्यम से हम भारत के अतीत की जटिल व बहुआयामी प्रकृति और उस विरासत की गहराई से सराहना कर सकते हैं जो इसके वर्तमान और भविष्य को आकार दे रही है।

—महेश दत्त शर्मा

आभार

जैसा कि हम 'भारत के पराक्रमी राजा' पर इस जीवनी पुस्तक के अंत में आते हैं, यह महत्त्वपूर्ण है कि हम अपना आभार व्यक्त करने के लिए कुछ समय निकालें। हम इन महान् राजाओं द्वारा छोड़ी गई अविश्वसनीय विरासत और उनके उदाहरणों से सीखने के अवसर के लिए आभारी हैं।

सर्वप्रथम हम इन महान् राजाओं की दूरदर्शिता और नेतृत्व के प्रति कृतज्ञ हैं। वे केवल अपने राज्यों पर शासन करने से संतुष्ट नहीं थे, बल्कि समाज की बेहतरी के लिए उनकी गहरी प्रतिबद्धता थी। उन्होंने सतत विकास के महत्त्व को समझा और न्यायसंगत समाज बनाने की दिशा में काम किया।

दूसरे, हम इन महान् राजाओं द्वारा लागू की गई नवीन नीतियों और प्रथाओं के लिए आभारी हैं। वे लीक से हटकर सोचने से नहीं डरते थे और अपने लोगों के लिए बेहतर भविष्य बनाने के लिए जोखिम उठाने को तैयार थे। सहिष्णुता, अहिंसा और नैतिक व्यवहार को बढ़ावा देने वाले मौर्य साम्राज्य के फरमानों से लेकर चोल साम्राज्य की सिंचाई प्रणाली और मराठा साम्राज्य के प्रशासनिक सुधारों तक, इन नीतियों और प्रथाओं का भारतीय समाज पर स्थायी प्रभाव पड़ा है।

तीसरे, हम इन महान् राजाओं की सैनिक विजयों के प्रति कृतज्ञ हैं जबकि युद्ध कभी भी जश्न मनाने की चीज नहीं है, ये राजा अपनी प्रजा और अपनी मातृभूमि की रक्षा के महत्त्व को समझते थे। उनकी सैन्य शक्ति और रणनीतिक सोच ने यह सुनिश्चित किया कि बाहरी खतरों के सामने भी उनके राज्य मजबूत और लचीले बने रहें।

चौथा, हम इन महान् राजाओं द्वारा कला और साहित्य के संरक्षण के लिए आभारी हैं। उन्होंने संस्कृति और सभ्यता के महत्त्व को समझा और अपने समय की कला एवं साहित्य को बढ़ावा देने और उन्हें संरक्षित करने की दिशा में काम

किया। गुप्त काल, विशेष रूप से, भारतीय इतिहास में एक स्वर्णयुग माना जाता है और इसने गणित, खगोल विज्ञान और चिकित्सा जैसे क्षेत्रों में महत्त्वपूर्ण प्रगति देखी।

अंत में, हम इन महान् राजाओं द्वारा छोड़ी गई स्थायी विरासत के लिए आभारी हैं। भारतीय समाज और संस्कृति में उनके योगदान को आज भी महसूस किया जाता है और उनके उदाहरण हमें प्रेरित करते रहते हैं। वे हमें दूरदर्शी नेतृत्व, नैतिक व्यवहार और समाज की बेहतरी के प्रति प्रतिबद्धता के महत्त्व की याद दिलाते हैं।

अंत में, हम 'भारत के पराक्रमी राजा' के लिए अपनी गहरी कृतज्ञता व्यक्त करते हैं। उनके योगदान का भारतीय समाज और संस्कृति पर गहरा प्रभाव पड़ा है और उनके उदाहरण आज भी हमें प्रेरित करते हैं। हम उनके अनुभवों से सीखने और उनके उदाहरणों से प्रेरणा लेने के अवसर के लिए आभारी हैं क्योंकि हम अपने लिए और आने वाली पीढ़ियों के लिए बेहतर भविष्य बनाने की दिशा में काम करते हैं।

अनुक्रम

1

सम्राट अशोक

अशोक, जिन्हें अशोक महान् के नाम से भी जाना जाता है, मौर्य वंश के एक सम्राट थे, जिन्होंने 268 ई. से 232 ई. तक शासन किया। उन्हें भारत के इतिहास में सबसे प्रमुख शासकों में से एक माना जाता है और उनके सामाजिक एवं प्रशासनिक सुधारों, बौद्ध धर्म के प्रचार और उनकी सैन्य विजय के लिए याद किया जाता है। अशोक को कला के संरक्षण और उसके विपुल शिलालेखों के लिए भी जाना जाता है, जिसने उसके शासनकाल और विरासत में मूल्यवान अंतर्दृष्टि प्रदान की।

जन्म और प्रारंभिक जीवन

अशोक का जन्म 304 ई. में सम्राट बिंदुसार और उनकी रानी सुभद्रांगी के यहाँ हुआ। वे मौर्य वंश के संस्थापक चंद्रगुप्त मौर्य के पोते थे। अशोक शाही महल में पले-बढ़े और कला, विज्ञान तथा सैन्य रणनीति में गहन शिक्षा प्राप्त की। उनके पिता बिंदुसार एक सफल विजेता थे जिन्होंने भारतीय उपमहाद्वीप के अधिकांश हिस्से को शामिल करने के लिए मौर्य साम्राज्य का विस्तार किया था।

शासन और सैन्य अभियान

अशोक अपने पिता की मृत्यु के बाद एक संक्षिप्त सत्ता संघर्ष के बाद 268 ई. में सिंहासन पर बैठे। प्रारंभ में अशोक ने अपने पिता की विस्तारवादी नीतियों को जारी रखा, 261 ई. में कलिंग राज्य पर विजय प्राप्त की। हालाँकि, अभियान की क्रूरता ने अशोक को गहराई से प्रभावित किया और उसने बाद में युद्ध को त्यागकर बौद्ध धर्म अपना लिया।

अशोक के शासनकाल को कई सामाजिक और प्रशासनिक सुधारों द्वारा चिह्नित किया गया था। उन्होंने गुलामी की प्रथा को समाप्त कर दिया और अपनी प्रजा के कल्याण के लिए प्रावधान किए, जिसमें अस्पतालों का निर्माण और पशु कल्याण कानूनों की स्थापना शामिल थी। अशोक ने कला में भी भारी निवेश किया और मूर्तियों, चित्रों व साहित्य के निर्माण को प्रायोजित किया।

बौद्ध धर्म का प्रचार

बौद्ध धर्म में अपने रूपांतरण के बाद अशोक धर्म के एक उत्कट संरक्षक बन गए। उन्होंने अपने पूरे साम्राज्य में कई बौद्ध मठों और मंदिरों के निर्माण का काम शुरू किया और बौद्ध मिशनरियों को श्रीलंका तथा पूर्वी हिमालय सहित एशिया के अन्य हिस्सों में भेजा। अशोक के शिलालेख, जो उसके पूरे साम्राज्य में स्तंभों और शिलाखंडों पर खुदे हुए थे, में बौद्ध मूल्यों और सिद्धांतों को बढ़ावा देने वाले संदेश शामिल थे।

मृत्यु और विरासत

232 ई. में अशोक की मृत्यु हो गई, जो भारत के सबसे प्रसिद्ध शासकों में से एक के रूप में विरासत को पीछे छोड़ गए। उनके आदेश उनके शासनकाल तथा दर्शन में मूल्यवान अंतर्दृष्टि प्रदान करते हैं और पशु कल्याण एवं सामाजिक न्याय पर उनकी नीतियाँ आधुनिक भारतीय समाज को प्रभावित करती हैं। अशोक के बौद्ध धर्म अपनाने से भी इस धर्म को पूरे एशिया में फैलाने और इसे एक प्रमुख विश्वधर्म के रूप में स्थापित करने में मदद मिली।

अपनी सैन्य विजय के बावजूद अशोक को अहिंसा के प्रति अपनी प्रतिबद्धता और बौद्ध सिद्धांतों को बढ़ावा देने के लिए अधिक याद किया जाता है। न्यायपूर्ण और मानवीय समाज बनाने के उनके प्रयासों के कारण उन्हें अक्सर 'दार्शनिक-राजा' कहा जाता है।

अशोक के शिलालेख अपनी स्पष्टता और प्रत्यक्षता के लिए विशेष रूप से उल्लेखनीय हैं। वे प्राकृत में लिखे गए थे, एक ऐसी भाषा जो उस समय पूरे भारत में व्यापक रूप से बोली जाती थी और सभी वर्गों व जातियों के लोगों के लिए सुलभ थी। इस आदेश ने नैतिक व्यवहार, सामाजिक न्याय और सुशासन सहित विषयों की एक विस्तृत श्रृंखला पर मार्गदर्शन प्रदान किया।

अशोक द्वारा कला के संरक्षण का भी भारतीय संस्कृति पर स्थायी प्रभाव पड़ा। उन्होंने कई शानदार मूर्तियों और चित्रों के निर्माण को प्रायोजित किया। उनकी स्थापत्य उपलब्धियों में कई शानदार स्तूपों और अन्य धार्मिक स्मारकों का निर्माण शामिल है।

अंत में, अशोक के शासन को सैन्य विजय और सामाजिक व सांस्कृतिक उपलब्धियों दोनों से चिह्नित किया गया था। अहिंसा, सामाजिक न्याय और बौद्ध धर्म के प्रति उनकी प्रतिबद्धता आज भी दुनिया भर के लोगों को प्रेरित करती है। अशोक की विरासत समाज में सकारात्मक बदलाव लाने के लिए एक शासक की शक्ति का स्थायी स्मरण है।

□

2
बालाजी बाजीराव

बालाजी बाजीराव, जिन्हें नाना साहेब के नाम से भी जाना जाता है, मराठा साम्राज्य के 8वें पेशवा थे। उन्होंने 1720 से 1740 ई. तक शासन किया और उनके शासन काल में मराठा साम्राज्य अपनी शक्ति के चरमोत्कर्ष पर पहुँच गया। बालाजी बाजीराव एक शानदार रणनीतिकार और प्रशासक थे जिन्होंने मराठा साम्राज्य के विस्तार और इसकी शक्ति को मजबूत करने में महत्त्वपूर्ण भूमिका निभाई।

जन्म और प्रारंभिक जीवन

बालाजी बाजीराव का जन्म 18 अगस्त, 1720 को महाराष्ट्र के पुणे शहर में हुआ। वे मराठा साम्राज्य के दूसरे पेशवा बाजीराव प्रथम और उनकी पत्नी काशीबाई के सबसे बड़े पुत्र थे। बालाजी बाजीराव को छोटी उम्र से ही सैन्य रणनीति, कूटनीति और प्रशासन में प्रशिक्षित किया गया था और वे अपने कई सैन्य अभियानों में अपने पिता के साथ गए थे।

शासन और सैन्य अभियान

सन् 1740 में अपने पिता की मृत्यु के बाद बालाजी बाजीराव 20 वर्ष की छोटी उम्र में मराठा साम्राज्य के पेशवा बन गए। अपने शासनकाल के दौरान उन्होंने मराठा साम्राज्य का विस्तार किया और भारत के बड़े हिस्से पर अपनी शक्ति को मजबूत किया।

बालाजी बाजीराव के सैन्य अभियान रणनीतिक प्रतिभा और निर्णायक जीत से चिह्नित थे। उन्होंने सन् 1748 में पालखेड की लड़ाई और सन् 1757 में भोपाल

की लड़ाई सहित कई लड़ाइयों में मुगल साम्राज्य को सफलतापूर्वक हराया। उन्होंने हैदराबाद के निजाम एवं बंगाल के नवाब को भी हराया और दक्षिण भारत में मराठा प्रभाव का विस्तार किया।

सामाजिक कार्य और उपलब्धियाँ

बालाजी बाजीराव न केवल एक सैन्य रणनीतिकार थे बल्कि एक महान् प्रशासक भी थे जिन्होंने अपने शासनकाल में कई सामाजिक और आर्थिक सुधारों को लागू किया। उन्होंने लोगों के कल्याण और मराठा साम्राज्य के प्रशासन में सुधार के लिए कई नीतियाँ पेश कीं।

उनकी सबसे उल्लेखनीय उपलब्धियों में से एक पेशवा परिषद की स्थापना थी, जो मराठा साम्राज्य के प्रशासन के लिए जिम्मेदार थी। उन्होंने कर प्रणाली में भी सुधार किया, आम लोगों पर कराधान का बोझ कम किया और व्यापार व वाणिज्य को प्रोत्साहित किया।

बालाजी बाजीराव कला और साहित्य के भी संरक्षक थे और उन्होंने मराठी भाषा एवं साहित्य के विकास का समर्थन किया। रामदास, तुकाराम और मोरोपंत जैसे प्रसिद्ध मराठी कवियों और लेखकों के कार्यों को बढ़ावा देने में उनका महत्त्वपूर्ण योगदान था।

मृत्यु और विरासत

बालाजी बाजीराव की मृत्यु सन् 1760 में 40 वर्ष की आयु में हुई। उनकी अचानक मृत्यु मराठा साम्राज्य के लिए एक बड़ी क्षति थी, क्योंकि वे एक महान् सैन्य रणनीतिकार और प्रशासक थे जिन्होंने साम्राज्य के विस्तार तथा इसकी शक्ति को मजबूत करने में महत्त्वपूर्ण भूमिका निभाई थी।

अपने छोटे शासनकाल के बावजूद बालाजी बाजीराव ने एक स्थायी विरासत छोड़ी। वे अपनी रणनीतिक प्रतिभा, प्रशासनिक क्षमताओं, सामाजिक और आर्थिक सुधारों के प्रति प्रतिबद्धता के लिए जाने जाते थे। मराठी भाषा और साहित्य में उनके योगदान का भारतीय संस्कृति पर भी स्थायी प्रभाव पड़ा है।

□

3
भास्कर वर्मन

भास्कर वर्मन पूर्वोत्तर भारत के कामरूप क्षेत्र में वर्मन वंश के शासक थे। उन्होंने 594 से 650 ई. तक शासन किया और उनके शासनकाल को कला, संस्कृति और शिक्षा के क्षेत्र में महत्त्वपूर्ण विकास के द्वारा चिह्नित किया गया था।

जन्म और प्रारंभिक जीवन

भास्कर वर्मन का जन्म 594 ई. में पूर्वोत्तर भारत के कामरूप क्षेत्र में हुआ। वे राजा रत्न वर्मन के पुत्र थे, जो वर्मन वंश के एक प्रमुख शासक थे। भास्कर वर्मन ने उत्कृष्ट शिक्षा प्राप्त की। वे संस्कृत और अन्य भारतीय भाषाओं के अच्छे जानकार थे।

शासन और सैन्य अभियान

भास्कर वर्मन अपने पिता की मृत्यु के बाद कम उम्र में वर्मन वंश के शासक बने। वे एक सक्षम और बुद्धिमान शासक साबित हुए। उन्होंने अपने राज्य का विस्तार करने और अपनी प्रजा के कल्याण को बढ़ावा देने के लिए अथक प्रयास किया।

भास्कर वर्मन के सैन्य अभियान रणनीतिक प्रतिभा और निर्णायक जीत से चिह्नित थे। उन्होंने भूटान के म्लेच्छ राजाओं और तिब्बती राजाओं सहित कई प्रतिद्वंद्वी राज्यों को हराया। उन्होंने हिमालय और तिब्बत में कई अभियानों का नेतृत्व भी किया। वे कई पड़ोसी राज्यों के साथ राजनयिक संबंध स्थापित करने में सफल रहे।

सामाजिक कार्य और उपलब्धियाँ

भास्कर वर्मन न केवल एक सैन्य रणनीतिकार थे बल्कि कला, संस्कृति और शिक्षा के महान् संरक्षक भी थे। उन्होंने अपने राज्य में साहित्य, कला और संगीत के विकास को प्रोत्साहित किया और कई शानदार मंदिरों और स्तूपों के निर्माण का समर्थन किया।

भास्कर वर्मन भी शिक्षा के महान् संरक्षक थे और उन्होंने अपने राज्य में कई स्कूलों एवं विश्वविद्यालयों की स्थापना की। वे विशेष रूप से खगोल विज्ञान और गणित के अध्ययन में रुचि रखते थे। उन्होंने कई विद्वानों को प्रेरित किया जिन्होंने इन क्षेत्रों में महत्त्वपूर्ण योगदान दिया।

भास्कर वर्मन के शासनकाल में कृषि, सिंचाई और व्यापार में महत्त्वपूर्ण विकास हुए। उन्होंने नहरों और सिंचाई प्रणालियों के निर्माण को प्रोत्साहित किया, जिससे कृषि उत्पादन बढ़ाने और जीवन में सुधार करने में मदद मिली।

मृत्यु और विरासत

भास्कर वर्मन की मृत्यु 650 ई. में 56 वर्ष की आयु में हुई। उनकी मृत्यु वर्मन वंश के लिए एक बड़ी क्षति थी, क्योंकि वे एक महान् शासक थे जिन्होंने अपने राज्य के विकास और विस्तार में महत्त्वपूर्ण भूमिका निभाई थी।

अपने छोटे शासनकाल के बावजूद भास्कर वर्मन ने एक स्थायी विरासत छोड़ी। वे अपनी रणनीतिक प्रतिभा, प्रशासनिक क्षमताओं और कला, संस्कृति एवं शिक्षा के प्रति प्रतिबद्धता के लिए जाने जाते थे। गणित तथा खगोल विज्ञान के क्षेत्र में उनके योगदान का भारतीय विज्ञान और प्रौद्योगिकी पर स्थायी प्रभाव पड़ा है। कला और संस्कृति के उनके संरक्षण ने भारतीय सभ्यता को समृद्ध किया है।

□

4
राजा भोज

भोज परमार वंश के एक राजा थे जिन्होंने 1010 से 1055 ई. तक मध्य भारत में मालवा राज्य पर शासन किया। वे कला और विज्ञान के महान् संरक्षक थे। उन्हें प्राचीन भारत के सबसे प्रबुद्ध शासकों में से एक के रूप में याद किया जाता है।

जन्म और प्रारंभिक जीवन

भोज का जन्म 1010 ई. में धार शहर में हुआ, जो वर्तमान भारतीय राज्य मध्य प्रदेश में है। वे राजा उदयादित्य और रानी महादेवी के पुत्र थे। उनका पालन-पोषण विद्वानों और बुद्धिजीवियों के परिवार में हुआ था। भोज ने एक उत्कृष्ट शिक्षा प्राप्त की और प्राचीन भारतीय ग्रंथों की भाषा संस्कृत में पारंगत थे।

शासन और सैन्य अभियान

भोज अपने पिता की मृत्यु के बाद 16 वर्ष की आयु में मालवा की गद्दी पर बैठे। वे एक सक्षम और बुद्धिमान शासक साबित हुए, जिन्हें उनकी प्रजा उनकी दया और करुणा के लिए प्यार करती थी। भोज कला, साहित्य और विज्ञान के महान् संरक्षक थे। उन्होंने अपने राज्य में इन क्षेत्रों के विकास को प्रोत्साहित किया।

भोज के सैन्य अभियान रणनीतिक प्रतिभा और निर्णायक जीत से चिह्नित थे। उन्होंने गुजरात के चालुक्यों और बुंदेलखंड के चंदेलों सहित कई प्रतिद्वंद्वी राज्यों को हराया। उन्होंने दक्षिण में कई अभियानों का नेतृत्व भी किया और वे कई पड़ोसी राज्यों के साथ राजनयिक संबंध स्थापित करने में सफल रहे।

सामाजिक कार्य और उपलब्धियाँ

राजा भोज न केवल एक सैन्य रणनीतिकार थे बल्कि कला, संस्कृति और शिक्षा के महान् संरक्षक भी थे। उन्होंने अपने राज्य में साहित्य, कला और संगीत के विकास को प्रोत्साहित किया। उन्होंने कई शानदार मंदिरों और स्तूपों के निर्माण में सहयोग किया।

राजा भोज शिक्षा के भी महान् संरक्षक थे और उन्होंने अपने राज्य में कई स्कूलों और विश्वविद्यालयों की स्थापना की। वह विशेष रूप से खगोल विज्ञान और गणित के अध्ययन में रुचि रखते थे और उन्होंने कई विद्वानों को प्रश्रय दिया जिन्होंने इन क्षेत्रों में महत्त्वपूर्ण योगदान दिया।

भोज के शासनकाल में कृषि, सिंचाई और व्यापार में महत्त्वपूर्ण विकास हुआ। उन्होंने नहरों और सिंचाई प्रणालियों के निर्माण को प्रोत्साहित किया, जिससे कृषि उत्पादन बढ़ाने और जीवन में सुधार करने में मदद मिली।

मृत्यु और विरासत

राजा भोज की मृत्यु 1055 ई. में 45 वर्ष की आयु में हुई थी। उनकी मृत्यु परमार वंश के लिए एक बड़ी क्षति थी, क्योंकि वे एक महान् शासक थे जिन्होंने अपने राज्य के विकास और विस्तार में महत्त्वपूर्ण भूमिका निभाई थी।

अपने छोटे शासनकाल के बावजूद राजा भोज ने एक स्थायी विरासत छोड़ी। वे अपनी रणनीतिक प्रतिभा, प्रशासनिक क्षमताओं, कला, संस्कृति और शिक्षा के प्रति प्रतिबद्धता के लिए जाने जाते थे। गणित और खगोल विज्ञान के क्षेत्र में उनके योगदान का भारतीय विज्ञान और प्रौद्योगिकी पर स्थायी प्रभाव पड़ा है और कला एवं संस्कृति के उनके संरक्षण ने भारतीय सभ्यता को समृद्ध किया है। राजा भोज को प्राचीन भारत के सबसे प्रबुद्ध शासकों में से एक के रूप में याद किया जाता है और उनके शासनकाल को परमार वंश के इतिहास में एक स्वर्णयुग माना जाता है।

□

5
बिंदुसार

बिंदुसार मौर्य वंश के एक राजा थे जिन्होंने 297 से 272 ई. तक प्राचीन भारत में मौर्य साम्राज्य के शासन को सँभाला। वे मौर्य साम्राज्य के संस्थापक चंद्रगुप्त मौर्य के पुत्र थे। उन्होंने साम्राज्य के विस्तार और समेकन की अपने पिता की नीतियों को जारी रखा।

जन्म और प्रारंभिक जीवन

बिंदुसार का जन्म 297 ई. में पाटलिपुत्र शहर में हुआ, जो मौर्य साम्राज्य की राजधानी थी। उनकी माँ दुर्धरा थीं, जो उत्तरी भारत के एक शक्तिशाली शाही परिवार की सदस्य थीं। बिंदुसार का पालन-पोषण उनके पिता चंद्रगुप्त मौर्य के दरबार में हुआ, जो एक महान् राजा और योद्धा थे।

शासन और सैन्य अभियान

बिंदुसार मौर्य साम्राज्य के सिंहासन पर तब बैठे जब उनके पिता ने राजगद्दी छोड़ दी और जैन भिक्षु बन गए। बिंदुसार ने साम्राज्य के विस्तार और समेकन की अपने पिता की नीतियों को जारी रखा। वे वर्तमान अफगानिस्तान और ईरान के कुछ हिस्सों सहित कई पड़ोसी राज्यों को जीतने में सफल रहे।

बिंदुसार ने यूनानियों सहित कई विदेशी शक्तियों के साथ राजनयिक संबंध भी बनाए रखे, जिन्होंने उत्तरी भारत में अपने राज्य स्थापित किए थे। वे अपनी रणनीतिक प्रतिभा, कूटनीति और सैन्य शक्ति को संतुलित करने की क्षमता के लिए जाने जाते थे।

सामाजिक कार्य और उपलब्धियाँ

बिंदुसार न केवल एक सैन्य विजेता थे बल्कि कला और संस्कृति के एक महान् संरक्षक भी थे। उन्होंने अपने राज्य में साहित्य, कला और संगीत के विकास को प्रोत्साहित किया। उन्होंने कई शानदार मंदिरों और स्तूपों का निर्माण कराया।

बिंदुसार को बौद्ध धर्म की शिक्षा में उनकी रुचि के लिए भी जाना जाता है, और उन्होंने कई बौद्ध विद्वानों एवं भिक्षुओं को संरक्षण दिया। ऐसा माना जाता है कि वे अपने जीवन के अंत में बौद्ध धर्म मतावलंबी हो गया था।

मृत्यु और विरासत

बिंदुसार की मृत्यु 272 ई. में 60 वर्ष की आयु में हुई थी। उनके उत्तराधिकारी उनके पुत्र अशोक थे, जो मौर्य साम्राज्य के सबसे प्रसिद्ध और शक्तिशाली राजाओं में से एक बने।

अपने अपेक्षाकृत छोटे शासनकाल के बावजूद बिंदुसार ने मौर्य साम्राज्य के विस्तार और समेकन में महत्त्वपूर्ण भूमिका निभाई। उनके सैन्य अभियानों और कूटनीतिक प्रयासों ने मौर्य साम्राज्य को प्राचीन भारत में सबसे शक्तिशाली और प्रभावशाली साम्राज्यों में से एक के रूप में स्थापित करने में मदद की।

बिंदुसार की कला और संस्कृति के संरक्षण और बौद्ध धर्म में उनकी रुचि का भारतीय सभ्यता पर स्थायी प्रभाव पड़ा। उन्हें एक महान् राजा के रूप में याद किया जाता है जिन्होंने मौर्य साम्राज्य के विकास और विस्तार में महत्त्वपूर्ण भूमिका निभाई थी।

□

6

चंद्रगुप्त मौर्य

चंद्रगुप्त मौर्य मौर्य वंश के संस्थापक और मौर्य साम्राज्य के पहले सम्राट थे, जो प्राचीन भारत में सबसे बड़े और सबसे शक्तिशाली साम्राज्यों में से एक था। वे एक प्रसिद्ध राजा और योद्धा थे जिन्हें उनकी सैन्य विजय और उनके प्रशासनिक कौशल के लिए याद किया जाता है।

जन्म और प्रारंभिक जीवन

चंद्रगुप्त मौर्य का जन्म 321 ई. में पाटलिपुत्र शहर में हुआ था, जो मगध साम्राज्य की राजधानी थी। उनके पिता, जो मौर्य जनजाति के मुखिया थे, की मृत्यु तब हुई जब वे छोटे थे और उनकी माँ ने उनका पालन-पोषण किया।

चंद्रगुप्त गरीबी में पले-बढ़े और कई साल एक भाड़े के सैनिक के रूप में बिताए, जो उत्तरी भारत में विभिन्न राजाओं और राज्यों के लिए लड़ रहे थे। इस समय के दौरान उन्होंने युद्ध-कला सीखी और अपने सैन्य कौशल का विकास किया।

शासन और सैन्य अभियान

चंद्रगुप्त मौर्य 322 ई. में मगध साम्राज्य के सिंहासन पर बैठे, जब उन्होंने शासक राजा धनानंद को हराया। इसके बाद उन्होंने नंद साम्राज्य सहित कई पड़ोसी राज्यों पर विजय प्राप्त की, जो उस समय उत्तरी भारत में सबसे बड़े और सबसे शक्तिशाली राज्यों में से थे।

चंद्रगुप्त मौर्य के सैन्य अभियानों की विशेषता उनकी रणनीतिक प्रतिभा और अपने उद्द्देश्यों को प्राप्त करने के लिए कूटनीति और सैन्य-बल का उपयोग करने

की उनकी क्षमता थी। वे अपने कुशल प्रशासन और प्रभावी ढंग से अपने राज्य पर शासन करने की क्षमता के लिए भी जाने जाते हैं।

सामाजिक कार्य और उपलब्धियाँ

चंद्रगुप्त मौर्य न केवल एक सैन्य विजेता थे बल्कि कला और संस्कृति के महान् संरक्षक भी थे। उन्होंने अपने राज्य में साहित्य, कला और संगीत के विकास को प्रोत्साहित किया। उन्होंने कई शानदार मंदिरों और स्तूपों के निर्माण का समर्थन किया।

चंद्रगुप्त मौर्य ने एक केंद्रीयकृत प्रशासन और जासूसों तथा मुखबिरों के एक विशाल नेटवर्क के साथ शासन की एक परिष्कृत प्रणाली भी स्थापित की। उन्हें मौर्य साम्राज्य की स्थापना का श्रेय भी दिया जाता है, जो प्राचीन भारत में सबसे बड़े और सबसे शक्तिशाली साम्राज्यों में से एक था।

मृत्यु और विरासत

चंद्रगुप्त मौर्य ने 297 ई. में राजगद्दी छोड़ दी और जैन भिक्षु बन गए। उन्होंने अपना शेष जीवन ध्यान और आध्यात्मिक चिंतन में बिताया। 297 ई. में 60 वर्ष की आयु में उनकी मृत्यु हो गई।

चंद्रगुप्त मौर्य की विरासत अपार है। उन्हें एक महान् राजा और योद्धा के रूप में याद किया जाता है जिन्होंने प्राचीन भारत में सबसे बड़े और सबसे शक्तिशाली साम्राज्यों में से एक की स्थापना की। उनकी सैन्य विजय और प्रशासनिक कौशल का भारतीय सभ्यता पर स्थायी प्रभाव पड़ा। उन्हें कला और संस्कृति के संरक्षक और एक ऐसे नेता के रूप में भी याद किया जाता है जिन्होंने शासन की एक परिष्कृत प्रणाली स्थापित की।

□

7

छत्रपति संभाजी

छत्रपति संभाजी मराठा साम्राज्य के दूसरे शासक और साम्राज्य के संस्थापक छत्रपति शिवाजी के सबसे बड़े पुत्र थे। वे एक बहादुर और कुशल योद्धा थे, जिन्होंने एक मजबूत और स्वतंत्र मराठा साम्राज्य के निर्माण की अपने पिता की विरासत को सँजोए रखा।

जन्म और प्रारंभिक जीवन

छत्रपति संभाजी का जन्म 14 मई, 1657 को पुरंदर के किले में हुआ, जो उस समय आदिलशाही सल्तनत के नियंत्रण में था। वे छत्रपति शिवाजी और उनकी पहली पत्नी सईबाई के सबसे बड़े पुत्र थे। संभाजी को उनके पिता द्वारा कम उम्र से ही युद्ध-कला और शासन-कला में शिक्षित किया गया था।

शासन और सैन्य अभियान

सन् 1680 में अपने पिता की मृत्यु के बाद छत्रपति संभाजी मराठा साम्राज्य के शासक बने। उन्होंने अपने शासनकाल के दौरान कई चुनौतियों का सामना किया, जिसमें मुगल साम्राज्य और पुर्तगालियों के साथ युद्ध, साथ ही साथ अपने ही परिवार के सदस्यों के साथ आंतरिक संघर्ष शामिल थे।

संभाजी के सबसे महत्त्वपूर्ण सैन्य अभियानों में से एक सन् 1681 में जिंजी की घेराबंदी थी, जहाँ उन्होंने मुगल साम्राज्य से किले पर सफलतापूर्वक कब्जा कर लिया था। उन्होंने अपने पिता की विस्तारवादी नीतियों को भी जारी रखा, दक्षिण भारत में कई क्षेत्रों पर विजय प्राप्त की और इन क्षेत्रों में एक मजबूत मराठा उपस्थिति दर्ज की।

सामाजिक कार्य और उपलब्धियाँ

छत्रपति संभाजी कला एवं साहित्य के संरक्षक थे और उन्होंने अपने शासनकाल के दौरान मराठी साहित्य के विकास का समर्थन किया। उन्हें अपनी सेना के उदार समर्थन, मंदिरों और पानी की टंकियों सहित कई सार्वजनिक निर्माण कार्यों के लिए भी जाना जाता था।

संभाजी धार्मिक स्वतंत्रता में दृढ़ विश्वास रखते थे और उन्होंने जाति या धर्म के आधार पर भेदभाव नहीं किया। उन्होंने एक मजबूत और कुशल प्रशासन भी स्थापित किया, जिसमें राजस्व संग्रह की व्यवस्था और एक सुव्यवस्थित सेना थी।

मृत्यु और विरासत

छत्रपति संभाजी को सन् 1689 में मुगल सम्राट औरंगजेब ने पकड़ लिया था और उन्हें क्रूर यातना और फाँसी दी गई थी। उनकी मृत्यु मराठा साम्राज्य के लिए एक अपूरणीय क्षति थी, लेकिन इसने उनके पिता की विरासत या मराठा साम्राज्य की ताकत को कम नहीं किया।

छत्रपति संभाजी को एक बहादुर और कुशल योद्धा के रूप में याद किया जाता है, जिन्होंने एक मजबूत और स्वतंत्र मराठा साम्राज्य के निर्माण की अपने पिता की विरासत को सँजोय रखा। उनके सैन्य अभियानों और प्रशासनिक कौशल का भारत के इतिहास पर स्थायी प्रभाव पड़ा। उनकी विरासत भारतीयों की पीढ़ियों को प्रेरित करती रही है।

□

8
छत्रपति शिवाजी महाराज

छत्रपति शिवाजी महाराज भारतीय इतिहास के सबसे प्रसिद्ध शासकों में से एक हैं। उन्होंने मराठा साम्राज्य की स्थापना की। उन्हें एक नायक और हिंदू राष्ट्रवाद का प्रतीक माना जाता है। शिवाजी महाराज के शासनकाल को उनके सैन्य अभियानों और एक मजबूत और स्वतंत्र मराठा राज्य स्थापित करने के उनके प्रयासों से चिह्नित किया गया था।

जन्म और प्रारंभिक जीवन

छत्रपति शिवाजी महाराज का जन्म 19 फरवरी, 1630 को शिवनेरी के किले में हुआ, जो उस समय आदिलशाही सल्तनत के नियंत्रण में था। वे एक मराठा सेनापति शाहजी भोंसले और एक धर्मनिष्ठ हिंदू महिला जीजाबाई के पुत्र थे। शिवाजी महाराज का पालन-पोषण उनकी माँ ने किया, जिन्होंने उनमें अपनी मराठा विरासत पर गर्व की भावना और अपने लोगों की स्वतंत्रता के लिए लड़ने की इच्छा पैदा की।

शासन और सैन्य अभियान

छत्रपति शिवाजी महाराज ने छोटी उम्र में मुगल साम्राज्य और आदिलशाही सल्तनत के खिलाफ लड़ते हुए अपने सैन्य अभियान शुरू किए। उन्होंने प्रशासन और राजस्व संग्रह की एक प्रणाली के साथ एक मजबूत और अनुशासित सेना की स्थापना की, जिसने उन्हें एक शक्तिशाली और स्वतंत्र राज्य बनाने में सक्षम बनाया।

शिवाजी महाराज के सबसे महत्त्वपूर्ण सैन्य अभियान तोरना, राजगढ़ और कोंढाना के किलों की विजय थे, जो इस क्षेत्र में महत्त्वपूर्ण रणनीतिक क्षेत्र थे। उन्होंने

एक नौसेना की स्थापना भी की और भारत के पश्चिमी तट के साथ कई बंदरगाहों पर सफलतापूर्वक कब्जा कर लिया।

सामाजिक कार्य और उपलब्धियाँ

छत्रपति शिवाजी महाराज कला और साहित्य के संरक्षक थे। उन्होंने अपने शासनकाल के दौरान मराठी साहित्य के विकास का समर्थन किया। उन्होंने प्रशासन और शासन में मराठी भाषा के उपयोग को भी प्रोत्साहित किया, जिससे यह मराठा साम्राज्य की आधिकारिक भाषा बन गई।

शिवाजी महाराज धार्मिक सहिष्णुता और सती प्रथा के उन्मूलन सहित अपनी प्रगतिशील नीतियों के लिए जाने जाते थे। उन्होंने कराधान और राजस्व संग्रह की एक प्रणाली भी स्थापित की, जो निष्पक्ष और कुशल थी। उन्होंने इस क्षेत्र में व्यापार और वाणिज्य के विकास का समर्थन किया।

मृत्यु और विरासत

छत्रपति शिवाजी महाराज का 50 वर्ष की आयु में 3 अप्रैल, 1680 को निधन हो गया। उनकी मृत्यु मराठा साम्राज्य के लिए घातक थी, लेकिन उनकी विरासत भारतीयों की पीढ़ियों को प्रेरित करती रही। शिवाजी महाराज को एक बहादुर और कुशल योद्धा के रूप में याद किया जाता है, जिन्होंने अपने लोगों की स्वतंत्रता के लिए संघर्ष किया और एक मजबूत व स्वतंत्र मराठा राज्य की स्थापना की।

उनकी विरासत पर गर्व किया जाता है और उन्हें हिंदू राष्ट्रवाद के प्रतीक और मराठा लोगों के नायक के रूप में जाना जाता है। मराठा साम्राज्य, जिसकी उन्होंने स्थापना की, भारत में सबसे शक्तिशाली राज्यों में से एक बन गया और उनके विचार और नीतियाँ आज भी भारतीय समाज एवं राजनीति को प्रभावित करती हैं।

□

9
दाराशिकोह

दाराशिकोह एक मुगल राजकुमार और सम्राट शाहजहाँ के सबसे बड़े पुत्र थे। उन्हें उनकी बौद्धिक गतिविधियों, धर्म और दर्शन में उनकी रुचि के लिए जाना जाता है। दाराशिकोह को कई लोग मुगल सिंहासन का असली उत्तराधिकारी मानते थे, लेकिन उनके उत्तराधिकार को उनके छोटे भाई औरंगजेब ने चुनौती दी, जो अंतत: सत्ता के लिए एक कड़वे संघर्ष में परिणत हुआ।

जन्म और प्रारंभिक जीवन

दाराशिकोह का जन्म 20 मार्च, 1615 को लाहौर में हुआ, जो उस समय मुगल साम्राज्य का हिस्सा था। वे सम्राट शाहजहाँ और उनकी पत्नी मुमताज महल के सबसे बड़े पुत्र थे। दाराशिकोह को अपने समय के कुछ सबसे प्रसिद्ध विद्वानों ने शिक्षित किया और उनमें साहित्य, दर्शन और धर्म में गहरी रुचि विकसित की।

शासन और सैन्य अभियान

दाराशिकोह अपने छोटे भाई औरंगजेब की चुनौती के कारण मुगल सिंहासन सुशोभित नहीं कर सके। दोनों भाइयों के बीच सत्ता के लिए कड़ा संघर्ष हुआ और सन् 1659 में औरंगजेब की जीत हुई और दाराशिकोह को मौत के घाट उतार दिया गया।

सामाजिक कार्य और उपलब्धियाँ

दाराशिकोह अपने प्रगतिशील विचारों, धर्म और दर्शन में अपनी रुचि के लिए जाने जाते थे। वे कला और साहित्य के संरक्षक थे और बौद्धिक एवं सांस्कृतिक

गतिविधियों के केंद्र के रूप में मुगल दरबार के विकास का समर्थन करते थे। उनकी रहस्यवाद में भी रुचि थी और उन्होंने दिल्ली में सूफीवाद के अध्ययन के लिए एक केंद्र की स्थापना की।

दाराशिकोह की सबसे महत्त्वपूर्ण उपलब्धि प्राचीन हिंदू धर्मग्रंथों के संग्रह और उपनिषदों का उनका अनुवाद था। उनका अनुवाद एक मुस्लिम विद्वान द्वारा हिंदू दर्शन को समझने और व्याख्या करने के पहले प्रयासों में से एक था और इसका भारत-इसलामी संस्कृति के विकास पर महत्त्वपूर्ण प्रभाव पड़ा।

दाराशिकोह मुगल इतिहास में एक दुखद शख्सियत थे, जिनके जीवन को सत्ता के लिए उनके संघर्ष और धर्म व दर्शन में उनकी रुचि से चिह्नित किया गया है। अपने ही भाई औरंगजेब के हाथों उनकी फाँसी ने मुगल दरबार में बौद्धिक और सांस्कृतिक उत्कर्ष के एक युग के अंत को चिह्नित किया। हालाँकि, उनकी विरासत उपनिषदों के उनके अनुवादों में रहती है, जिसका हिंदू और इसलाम दोनों संप्रदायों के विद्वानों द्वारा अध्ययन और सराहना की जाती है।

□

10
गजपति कपिलेंद्र देव

गजपति कपिलेंद्र देव गजपति राजवंश के राजा थे, जिन्होंने 14वीं से 16वीं शताब्दी तक पूर्वी भारत में ओडिशा के क्षेत्र पर शासन किया। वे राजवंश के सबसे सफल शासकों में से एक थे, जो अपने सैन्य कौशल, प्रशासनिक कौशल और कलाओं के संरक्षण के लिए जाने जाते थे।

जन्म और प्रारंभिक जीवन

गजपति कपिलेंद्र देव का जन्म सन् 1435 में राजा हमवीरा देव और रानी रंबा देवी के पुत्र के रूप में हुआ। उन्हें छोटी उम्र से ही युद्ध-कला में प्रशिक्षित किया गया और वे बड़े होकर एक कुशल योद्धा और सैन्य कमांडर बने।

शासन और सैन्य अभियान

गजपति कपिलेंद्र देव अपने पिता की मृत्यु के बाद सिंहासन पर बैठे। उन्होंने जल्द ही अपने राज्य का विस्तार करने और अपनी शक्ति को मजबूत करने के लिए सैन्य अभियानों की एक श्रृंखला शुरू की। उनका सबसे प्रसिद्ध अभियान रेड्डी के खिलाफ था, जो एक शक्तिशाली राजवंश था जिसने आंध्र प्रदेश के क्षेत्र पर शासन किया था। उन्होंने कई लड़ाइयों में रेड्डी को हराया और उनके क्षेत्र को अपने राज्य में मिला लिया।

गजपति कपिलेंद्र देव ने बंगाल के सुल्तान और जौनपुर के सुल्तान के खिलाफ भी लड़ाई लड़ी, दोनों ही ओडिशा में अपना प्रभाव बढ़ाने का प्रयास कर रहे थे। वे उनके आक्रमणों को विफल करने और क्षेत्र में अपनी शक्ति को मजबूत करने में सफल रहे।

सामाजिक कार्य और उपलब्धियाँ

गजपति कपिलेंद्र देव कला और साहित्य के संरक्षण के लिए जाने जाते थे। वे संस्कृत भाषा के बहुत बड़े प्रशंसक थे और उन्होंने संस्कृत में साहित्य की कई रचनाएँ कीं। वे प्रसिद्ध कवि और नाटककार कविसूर्य बलदेव रथ के संरक्षक भी थे, जिन्होंने राजा की प्रशंसा में कई रचनाएँ लिखीं।

गजपति कपिलेंद्र देव एक महान् निर्माता भी थे और उन्होंने अपने पूरे राज्य में कई मंदिरों, टैंकों और किलों का निर्माण कराया। वे विशेष रूप से पुरी में जगन्नाथ मंदिर के निर्माण के लिए प्रसिद्ध हैं, जो भारत के सबसे महत्त्वपूर्ण तीर्थस्थलों में से एक है।

गजपति कपिलेंद्र देव गजपति राजवंश के सबसे सफल और प्रसिद्ध राजाओं में से एक थे। उनके सैन्य अभियानों ने उनके राज्य के क्षेत्र का विस्तार किया और क्षेत्र में अपनी शक्ति को मजबूत किया। कला और साहित्य के उनके संरक्षण ने ओडिशा में संस्कृति के विकास में योगदान दिया। पुरी में जगन्नाथ मंदिर का उनका निर्माण क्षेत्र की सबसे बड़ी वास्तुशिल्प उपलब्धियों में से एक है। उन्हें आज एक महान् योद्धा, निर्माता और कला के संरक्षक के रूप में याद किया जाता है, जिन्होंने ओडिशा के इतिहास में महत्त्वपूर्ण भूमिका निभाई।

□

11

हरिहर प्रथम

हरिहर प्रथम विजयनगर साम्राज्य के संस्थापक थे, जिन्होंने 14वीं से 17वीं शताब्दी तक दक्षिण भारत पर शासन किया था। वे एक महान् सैन्य कमांडर और रणनीतिकार थे, जिन्होंने एक शक्तिशाली साम्राज्य की स्थापना की, जो अपनी सांस्कृतिक समृद्धि और स्थापत्य उपलब्धियों के लिए जाना जाता है।

जन्म और प्रारंभिक जीवन

हरिहर प्रथम का जन्म सन् 1336 में संगमा नामक एक हिंदू मुखिया के पुत्र के रूप में हुआ था। उनका जन्म योद्धाओं के परिवार में हुआ था और छोटी उम्र से ही युद्ध-कला सीखते हुए वे बड़े हुए थे। उन्हें हथियारों और रणनीति के उपयोग में प्रशिक्षित किया गया था, जिसने बाद में उन्हें अपने सैन्य अभियानों में मदद की।

शासन और सैन्य अभियान

होयसल साम्राज्य के पतन के बाद हरिहर प्रथम सिंहासन पर बैठे। वे दक्षिण भारत में एक शक्तिशाली राज्य स्थापित करने के लिए दृढ़ संकल्पित थे और इस लक्ष्य को प्राप्त करने के लिए उन्होंने कई सैन्य अभियान शुरू किए। उनका पहला बड़ा अभियान काकतीय वंश के खिलाफ था, जिसने तेलंगाना क्षेत्र पर शासन किया था। उन्होंने कई लड़ाइयों में काकतीय लोगों को हराया और उनके क्षेत्र को अपने राज्य में मिला लिया।

हरिहर प्रथम ने मदुरै की सल्तनत और बहमनी सल्तनत के खिलाफ भी लड़ाई लड़ी, दोनों दक्षिण भारत में अपना प्रभाव बढ़ाने का प्रयास कर रहे थे। वे उनके आक्रमणों को विफल करने और क्षेत्र में अपनी शक्ति को मजबूत करने में सफल

रहे। उन्होंने पड़ोसी राज्यों, जैसे—मैसूर साम्राज्य और कोचीन साम्राज्य के साथ मैत्रीपूर्ण संबंध स्थापित किए।

सामाजिक कार्य और उपलब्धियाँ

हरिहर प्रथम को कला और साहित्य के संरक्षण के लिए जाना जाता था। उन्होंने संस्कृत साहित्य के विकास को प्रोत्साहित किया, साहित्य और कविता के कई कार्यों को कमीशन किया। वे प्रसिद्ध कवि और विद्वान विद्यारण्य के संरक्षक भी थे, जिन्होंने राजा की प्रशंसा में कई रचनाएँ लिखीं।

हरिहर प्रथम एक महान् निर्माता भी थे और उन्होंने अपने पूरे राज्य में कई मंदिरों, तालाबों और किलों का निर्माण कराया। वे विशेष रूप से प्रसिद्ध विजयनगर मंदिर परिसर के निर्माण के लिए प्रसिद्ध हैं, जो इस क्षेत्र की सबसे बड़ी वास्तुशिल्प उपलब्धियों में से एक है।

हरिहर प्रथम एक महान् योद्धा और राजनेता थे, जिन्होंने शक्तिशाली विजयनगर साम्राज्य की स्थापना की थी। उनके सैन्य अभियानों ने उनके राज्य के क्षेत्र का विस्तार किया और दक्षिण भारत में अपनी शक्ति को मजबूत किया। कला और साहित्य के उनके संरक्षण ने उनके राज्य में संस्कृति के उत्कर्ष में योगदान दिया। विजयनगर मंदिर परिसर का उनका निर्माण क्षेत्र की सबसे बड़ी वास्तुशिल्प उपलब्धियों में से एक है। उन्हें आज एक महान् राजा के रूप में याद किया जाता है, जिन्होंने दक्षिण भारत के इतिहास में महत्त्वपूर्ण भूमिका निभाई।

□

12

बुक्का राय

बुक्का राय प्रथम विजयनगर साम्राज्य के दूसरे राजा थे, उन्होंने सन् 1356 से सन् 1377 तक शासन किया। वे विजयनगर साम्राज्य के संस्थापक हरिहर राय प्रथम के छोटे भाई थे। सन् 1356 में अपने भाई की मृत्यु के बाद बुक्का राय प्रथम ने सिंहासन पर उनका स्थान लिया। वे अपनी सैन्य विजय, कला और साहित्य के संरक्षण के लिए जाने जाते थे।

जन्म और माता-पिता

बुक्का राय प्रथम का जन्म 1313 ई. में संगमा के पुत्र के रूप में हुआ, जो वारंगल के काकतीय राजवंश के दरबार में एक मंत्री थे। संगमा को कांपिली के गवर्नर के रूप में नियुक्त किया गया था, जिसे बाद में होयसल साम्राज्य ने जीत लिया था। बुक्का राय प्रथम और उनके बड़े भाई हरिहर राय प्रथम का कांपिली में पालन-पोषण हुआ, जहाँ उन्होंने युद्ध-कला और प्रशासन की कला सीखी।

शासन

सन् 1356 में हरिहर राय प्रथम की मृत्यु के बाद बुक्का राय प्रथम ने विजयनगर साम्राज्य के राजा के रूप में उनका स्थान लिया। उन्होंने विस्तार और विजय की अपने भाई की नीति को जारी रखा और कई सैन्य अभियान चलाए। उनकी प्रमुख विजयों में से एक मदुरै सल्तनत पर कब्जा करना था, जिस पर दिल्ली की मुसलिम सल्तनत का शासन था।

युद्ध, जीत और हार

बुक्का राय प्रथम ने कई सफल सैन्य अभियानों में विजयनगर सेना का नेतृत्व किया। उन्होंने बहमनी सल्तनत, कोंडाविडु के रेड्डी वंश और राचकोंडा के वेलामा वंश को हराया। उन्होंने दिल्ली की सल्तनत से गोवा के बंदरगाह पर भी कब्जा कर लिया।

हालाँकि, देवगिरि के यादव वंश के खिलाफ अपने अभियान में बुक्का राय प्रथम को एक बड़ी हार का सामना करना पड़ा। उनकी सेना पर घात लगाकर यादव सेना ने हमला किया और बुक्का राय प्रथम को बंदी बना लिया गया। बाद में उन्हें 1,00,000 सोने के सिक्कों की फिरौती के बदले रिहा कर दिया गया।

सामाजिक कार्य और उपलब्धियाँ

बुक्का राय प्रथम कला और साहित्य के संरक्षक थे। उन्होंने कई मंदिरों और अन्य धार्मिक संस्थानों के निर्माण को प्रायोजित किया और कला एवं विज्ञान के विकास को प्रोत्साहित किया। प्रसिद्ध कन्नड़ कवि सर्वग्ना बुक्का राय प्रथम के दरबारी कवि थे।

बुक्का राय प्रथम एक सफल राजा थे जिन्होंने सैन्य विजय के माध्यम से विजयनगर साम्राज्य का विस्तार किया। वे कला और साहित्य के भी संरक्षक थे। उन्होंने साम्राज्य के सांस्कृतिक विकास में योगदान दिया। उनका शासनकाल विजयनगर साम्राज्य के इतिहास में एक महत्त्वपूर्ण अवधि थी।

□

13
हर्षवर्धन

हर्षवर्धन पुष्यभूति राजवंश के एक प्रसिद्ध सम्राट थे जिन्होंने 606 से 647 ई. तक भारत के उत्तरी हिस्सों पर शासन किया। वे भारतीय उपमहाद्वीप के सबसे प्रसिद्ध शासकों में से एक थे जिन्होंने भारतीय इतिहास पर गहरा प्रभाव छोड़ा। वे कला और साहित्य के संरक्षक थे। उनका शासन शांति और समृद्धि से चिह्नित था। हर्षवर्धन भगवान शिव के भक्त थे और हिंदू धर्म के शैव संप्रदाय का पालन करते थे।

जन्म और पारिवारिक पृष्ठभूमि

हर्षवर्धन का जन्म 590 ई. में थानेसर, वर्तमान हरियाणा में हुआ। उनके पिता प्रभाकरवर्धन थानेसर तथा कन्नौज के शासक थे और उनकी माता रानी यशोमती थीं। हर्षवर्धन के दो भाई-बहन थे—राज्यवर्धन और रत्नावली।

शासनकाल और उपलब्धियाँ

बंगाल में गौड़ा के शासक के खिलाफ लड़ाई में उनकी मृत्यु के बाद हर्षवर्धन अपने भाई राज्यवर्धन के उत्तराधिकारी बने। सिंहासन पर बैठने के बाद हर्षवर्धन ने अपने राज्य का विस्तार किया और कई सफल सैन्य अभियान चलाए। उन्होंने पंजाब, कश्मीर, बंगाल और बिहार सहित कई क्षेत्रों पर विजय प्राप्त की। उनका साम्राज्य हिमालय से लेकर नर्मदा नदी तक फैला हुआ था।

हर्षवर्धन कला और साहित्य के संरक्षक थे। उनका दरबार कई विद्वानों और कवियों से सुशोभित था। वे एक प्रतिभाशाली कवि थे और उन्होंने तीन नाटक 'रत्नावली', 'प्रियदर्शिका' और 'नागानंद' लिखे। वे बौद्ध धर्म के संरक्षक भी थे और उन्होंने कई बौद्ध मठों और स्तूपों का निर्माण कराया था।

हर्षवर्धन एक न्यायप्रिय और निष्पक्ष शासक थे जिन्हें अपनी प्रजा से प्यार था। उन्होंने लोगों पर उनके धर्म के आधार पर कर लगाने की क्रूर प्रथा को समाप्त कर दिया और इसके बजाय एक ऐसी व्यवस्था लागू की जिसमें लोगों पर उनकी आय के आधार पर कर लगाया जाता था। वे एक शैवभक्त थे और उन्होंने भगवान शिव को समर्पित कई मंदिरों का निर्माण कराया।

मृत्यु और विरासत

647 ई. में हर्षवर्धन की मृत्यु हो गई और उनका राज्य उसके उत्तराधिकारियों के बीच विभाजित हो गया। उन्होंने भारतीय इतिहास पर गहरा प्रभाव छोड़ा। उनके शासनकाल को भारतीय संस्कृति और साहित्य का स्वर्णयुग माना गया। वे कला और साहित्य के संरक्षक थे। उनका दरबार कई विद्वानों और कवियों से सुशोभित था। वे बौद्ध धर्म के संरक्षक भी थे और उन्होंने कई बौद्ध मठों और स्तूपों का निर्माण कराया था। हर्षवर्धन को एक न्यायप्रिय और निष्पक्ष शासक के रूप में याद किया जाता है, जिन्होंने ज्ञान और करुणा के साथ शासन किया। उनकी विरासत उनके लेखन के माध्यम से जीवित रही, जिसका आज भी अध्ययन और सराहना की जाती है।

□

14
छत्रसाल

छत्रसाल, जिन्हें महाराजा छत्रसाल बुंदेला के नाम से भी जाना जाता है, बुंदेला राजपूत वंश के एक महान् योद्धा और शासक थे, जिन्होंने मुगलों के खिलाफ लड़ाई लड़ी और मध्य भारत में अपना राज्य स्थापित किया। वे एक धर्मनिष्ठ हिंदू और नाथ संप्रदाय के अनुयायी थे। छत्रसाल अपनी वीरता, सैन्य रणनीति और राजनीतिक कौशल के लिए जाने जाते थे। उन्हें एक स्वतंत्रता सेनानी, मंदिरों के निर्माता और कला व साहित्य के संरक्षक के रूप में भारतीय इतिहास में उनके योगदान के लिए याद किया जाता है।

जन्म और प्रारंभिक जीवन

छत्रसाल का जन्म सन् 1649 में पन्ना में हुआ था, जो आज मध्य प्रदेश में है। उनके पिता चंपत राय एक बुंदेला राजपूत प्रमुख थे और उनकी माँ लाल कुँवर थीं। छत्रसाल का पालन-पोषण योद्धाओं के परिवार में हुआ था और उन्होंने बचपन से ही युद्ध का प्रशिक्षण प्राप्त किया था।

शासनकाल और उपलब्धियाँ

छत्रसाल ने मराठों के खिलाफ अपने अभियानों में मुगल सम्राट औरंगजेब की मदद करके अपने सैन्य कैरियर की शुरुआत की। हालाँकि, उन्हें जल्द ही मुगलों के साथ अपने गठबंधन की निरर्थकता का अहसास हुआ और उन्होंने उनके खिलाफ विद्रोह करने का फैसला किया। उन्होंने मराठों और जाटों के साथ गठबंधन किया और मुगलों के खिलाफ गुरिल्ला युद्ध शुरू किया। वे मुगलों के कई किलों और प्रदेशों पर कब्जा करने में सफल रहे।

सन् 1671 में छत्रसाल ने पन्ना में अपनी राजधानी के साथ बुंदेलखंड में अपना राज्य स्थापित किया। उन्होंने मुगलों के खिलाफ अपने अभियान जारी रखे और अपने राज्य का विस्तार किया। वे कला, साहित्य और संस्कृति के संरक्षक थे। उनका दरबार शिक्षा का केंद्र था। उन्होंने मंदिरों के निर्माण को प्रोत्साहित किया और संतों के नाथ संप्रदाय को संरक्षण दिया।

छत्रसाल एक महान् योद्धा और सैन्य रणनीतिकार थे। वे मुगलों के खिलाफ गुरिल्ला रणनीति के इस्तेमाल के लिए प्रसिद्ध थे। उन्होंने अपनी सेना में नए हथियारों प्रयोग किया और युक्तियों का भी। वे एक कुशल राजनीतिज्ञ भी थे और उन्होंने अपने राज्य को मजबूत करने के लिए अन्य क्षेत्रीय शक्तियों के साथ गठजोड़ किया।

बाद के वर्ष और मृत्यु

छत्रसाल ने एक लंबा और घटनापूर्ण जीवन जीया। उन्होंने मुगलों के खिलाफ अपने अभियानों को जारी रखा और सन् 1731 में अपनी मृत्यु तक अपने राज्य का विस्तार किया। उनके बेटे अनिरुद्ध सिंह ने उनका उत्तराधिकार ग्रहण किया, जिन्होंने अपने पिता की नीतियों को जारी रखा।

छत्रसाल एक महान् योद्धा, शासक और कला व साहित्य के संरक्षक थे। उन्होंने मुगलों के खिलाफ लड़ाई लड़ी और मध्य भारत में अपना राज्य स्थापित किया। एक कुशल राजनीतिज्ञ, सैन्य रणनीतिकार और एक स्वतंत्रता सेनानी के रूप में भारतीय इतिहास में उनके योगदान को आज भी याद किया जाता है।

□

15
हेमू

हेमू, जिसे हेम चंद्र विक्रमादित्य के नाम से भी जाना जाता है, एक मध्यकालीन भारतीय शासक थे, जो 16वीं शताब्दी के दौरान प्रमुखता से उभरे। वे अलवर, राजस्थान के एक ब्राह्मण थे और मुगल सम्राट अकबर के शासनकाल के दौरान दिल्ली के प्रधान मंत्री बने। हेमू को उत्तरी भारत में एक हिंदू राजा के रूप में उनके अल्पकालिक शासन के लिए भी जाना जाता है।

जन्म और प्रारंभिक जीवन

हेम चंद्र विक्रमादित्य का जन्म सन् 1501 में राजस्थान के अलवर में हुआ। उनका परिवार ब्राह्मण था और उन्होंने संस्कृत तथा हिंदू शास्त्रों में अच्छी शिक्षा प्राप्त की। हेमू दिल्ली चले गए और अफगान राजा शेर शाह सूरी की सेना में शामिल हो गए, जहाँ वह रैंकों के माध्यम से एक विश्वसनीय सलाहकार और सेनापति बन गए।

शासन और युद्ध

शेरशाह की मृत्यु के बाद हेमू ने पंजाब के गवर्नर आदिल शाह सूरी की सेवा में शामिल होने से पहले उनके बेटे इसलाम शाह के अधीन काम किया। जब आदिल शाह की मृत्यु हो गई, तो हेमू ने खुद को पंजाब का शासक घोषित किया और दिल्ली पर चढ़ाई की। सन् 1556 में दिल्ली की लड़ाई में हेमू की सेना ने मुगल सम्राट अकबर की सेना को हराया और उन्हें दिल्ली के राजा के रूप में ताज पहनाया गया।

उपलब्धियाँ

हेमू का शासनकाल अल्पकालिक था लेकिन उन्हें उनकी बहादुरी और सैन्य कौशल के लिए याद किया जाता है। उन्होंने कई सुधार किए और करों को कम किया, जिससे वे अपनी प्रजा के बीच लोकप्रिय हो गए। हेमू ने कला और साहित्य को भी संरक्षण दिया। वे संस्कृत कविता के प्रति अपने प्रेम के लिए जाने जाते थे।

हार और मौत

दिल्ली के राजा के रूप में हेमू का शासन अल्पकालिक था क्योंकि वे पानीपत की दूसरी लड़ाई में अकबर के सेनापति बैरम खान से हार गए थे। हेमू को पकड़ लिया गया और अकबर के सामने लाया गया, जिसने उनके निष्पादन का आदेश दिया। सन् 1556 में हेमू का सिर काट दिया गया।

हेमू एक उल्लेखनीय शासक थे, जो विनम्र शुरुआत से उठकर एक शक्तिशाली राजा बने। उन्हें उनकी बहादुरी, सैन्य कौशल और संस्कृत साहित्य के प्रति प्रेम के लिए याद किया जाता है। हेमू की विरासत लोकप्रिय संस्कृति में जीवित है और उन्हें अकसर भारतीय लोककथाओं और किंवदंतियों में एक नायक के रूप में चित्रित किया जाता है।

□

16
कनिष्क

कनिष्क कुषाण वंश के एक प्रसिद्ध शासक थे जिन्होंने 127 से 151 ई. तक शासन किया था। वे अपने समय के सबसे शक्तिशाली राजाओं में से एक थे और उन्होंने अपने साम्राज्य का विस्तार मध्य एशिया, उत्तरी भारत और चीन के कुछ हिस्सों तक किया। उन्हें बौद्ध धर्म में उनके योगदान और चौथी बौद्ध परिषद् के आयोजन के लिए जाना जाता है।

जन्म और परिवार

कनिष्क का जन्म 105 ई. के आस-पास पुरुषपुरा (आधुनिक पेशावर, पाकिस्तान) शहर में हुआ। उनके पिता विमा कडफिसेस थे और उनकी माँ यूह-चिह जनजाति की एक राजकुमारी थीं। कनिष्क यूझी जनजाति के वंशज थे और माना जाता है कि वे सीथियन मूल के थे।

शासन

कनिष्क अपने पिता विमा कडफिसेस की मृत्यु के बाद सिंहासन पर बैठे। उन्हें एक विशाल साम्राज्य विरासत में मिला था जिसमें वर्तमान पाकिस्तान, अफगानिस्तान, मध्य एशिया के कुछ हिस्से और उत्तर भारत शामिल थे। उन्होंने अपने पिता की विस्तार की नीति को जारी रखा और कुषाण साम्राज्य की पहुँच चीन के कुछ हिस्सों तक बढ़ा दी।

युद्ध और विजय

कनिष्क एक शक्तिशाली सैन्य नेता थे और अपने शासनकाल के दौरान कई

युद्धों में शामिल रहे। उन्होंने भारत में सातवाहनों और शकों तथा मध्य एशिया में पार्थियनों को पराजित किया। उन्होंने चीनियों के खिलाफ अभियान भी चलाया और तारिम बेसिन के एक बड़े हिस्से को जीतने में कामयाब रहे।

हार

हालाँकि कनिष्क एक सफल विजेता थे, लेकिन उन्हें अपने शासनकाल में कई बार हार का सामना करना पड़ा। वे रोमन साम्राज्य के पश्चिमी क्षेत्रों पर कब्जा करने में असमर्थ थे और अपने अंतिम अभियान में चीनी सेना से हार गए थे।

सामाजिक कार्य और उपलब्धियाँ

कनिष्क को बौद्ध धर्म में उनके योगदान के लिए जाना जाता है। उन्होंने कश्मीर में चौथी बौद्ध परिषद् बुलाई, जिसमें 500 से अधिक विद्वानों ने भाग लिया। परिषद के परिणामस्वरूप त्रिपिटक बौद्ध धर्मग्रंथों का संकलन हुआ।

कनिष्क ने गांधार कला को बढ़ावा देने में भी महत्त्वपूर्ण भूमिका निभाई, जो भारतीय, ग्रीक और फारसी शैलियों का मिश्रण है। उन्होंने पेशावर में प्रसिद्ध कनिष्क स्तूप सहित कला के अन्य क्षेत्रों में भी सराहनीय कार्य किया, जो दुनिया के सबसे बड़े बौद्ध स्तूपों में से एक है।

कनिष्क एक शक्तिशाली और सफल शासक थे जिन्होंने मध्य एशिया, उत्तरी भारत और चीन के विशाल हिस्सों को शामिल करने के लिए अपने साम्राज्य की पहुँच का विस्तार किया। उन्होंने बौद्ध धर्म को बढ़ावा देने में महत्त्वपूर्ण भूमिका निभाई और कला के कई कार्यों को शुरू किया जो आज भी प्रशंसित हैं। अपने शासनकाल के दौरान कई हार का सामना करने के बावजूद कनिष्क की विरासत मध्य एशिया और भारत के इतिहास में महत्त्वपूर्ण बनी हुई है।

□

17
खारवेल

खारवेल महामेघवाहन वंश के एक राजा थे जिन्होंने 193 ई. से 170 ई. तक भारत के वर्तमान ओडिशा में कलिंग क्षेत्र पर शासन किया था। वे प्राचीन भारत के सबसे महान् शासकों में से एक थे, जो अपने सैन्य अभियानों, कला व संस्कृति के संरक्षण और अपने राज्य के विकास में योगदान के लिए जाने जाते हैं।

जन्म और प्रारंभिक जीवन

खारवेल का जन्म कलिंगनगर (आधुनिक सिसुपालगढ़) शहर में राजा महामेघवाहन और रानी हीरादेवी के यहाँ हुआ। उन्हें शाही दरबार में शिक्षित किया गया और युद्ध, प्रशासन व शासन की अन्य कलाओं में प्रशिक्षित किया गया।

शासन

खारवेल 193 ई. में सिंहासन पर बैठे और 33 वर्षों तक शासन किया। अपने शासनकाल के दौरान, उन्होंने अपने राज्य का विस्तार करने, अपनी शक्ति और समृद्धि बढ़ाने के लिए कई सैन्य अभियान चलाए। उन्होंने मगध, उत्कल और कोसल के पड़ोसी राज्यों पर विजय प्राप्त की और एक विशाल क्षेत्र पर अपना अधिकार स्थापित किया।

युद्ध और विजय

खारवेल को उनके सैन्य अभियानों के लिए जाना जाता है, जिनका उद्देश्य उनके राज्य का विस्तार करना और अन्य राज्यों पर अपना अधिकार स्थापित करना

था। उन्होंने मगध पर आक्रमण सहित कई सफल सैन्य अभियान चलाए, जो प्राचीन भारत में सत्ता का एक प्रमुख केंद्र था। उन्होंने मगध सेना को हराया और पाटलिपुत्र की राजधानी पर कब्जा कर लिया, जिस पर उन्होंने कलिंग लौटने से पहले एक संक्षिप्त अवधि के लिए शासन किया था।

खारवेल ने उत्कल और कोसल के पड़ोसी राज्यों के खिलाफ कई अभियानों का नेतृत्व किया, जो पूर्वी भारत में सत्ता के प्रमुख केंद्र थे। उन्होंने दोनों राज्यों को पराजित कर उन पर अपना अधिकार स्थापित कर लिया।

सामाजिक कार्य और उपलब्धियाँ

खारवेल कला और संस्कृति के संरक्षक थे। उन्होंने अपने राज्य के विकास में महत्त्वपूर्ण योगदान दिया। उन्होंने प्रसिद्ध खंडगिरि और उदयगिरि की गुफाओं सहित कई स्मारकों का निर्माण किया, जिन्हें प्राचीन भारतीय वास्तुकला की उत्कृष्ट कृति माना जाता है।

उन्होंने जैन और बौद्ध धर्मों का भी संरक्षण किया और उनके अनुयायियों के लिए कई मंदिरों एवं मठों का निर्माण किया। वे सामाजिक न्याय में बहुत विश्वास करते थे और समाज के गरीब व हाशिए पर रहने वाले वर्गों के उत्थान के लिए अथक प्रयास करते थे।

खारवेल एक महान् शासक और दूरदर्शी नेता थे जिन्होंने प्राचीन भारत के इतिहास में एक स्थायी विरासत छोड़ी। उनके सैन्य अभियानों और उनके राज्य के विकास में योगदान ने उन्हें प्राचीन भारत के महानतम शासकों में स्थान दिलाया है। कला व संस्कृति के उनके संरक्षण और सामाजिक न्याय के प्रति उनकी प्रतिबद्धता ने वर्तमान ओडिशा की संस्कृति और समाज पर एक अमिट छाप छोड़ी है।

□

18

कृष्णदेव राय

कृष्णदेव राय विजयनगर साम्राज्य के सबसे प्रसिद्ध राजा थे जिन्होंने सन् 1509 से सन् 1530 तक शासन किया। वे अपने सैन्य कारनामों, कलाओं के संरक्षण और स्थापत्य चमत्कारों के लिए जाने जाते थे। उनके शासनकाल में विजयनगर साम्राज्य अपनी महिमा और समृद्धि के चरम पर पहुँच गया।

जन्म और प्रारंभिक जीवन

कृष्णदेव राय का जन्म हंपी में 1471 ई. में तुलुवा नरसा नायक, एक रईस और नगला देवी के यहाँ हुआ। एक बच्चे के रूप में, उन्हें विजयनगर के शाही दरबार में लाया गया, जहाँ उन्होंने साहित्य, भाषाओं और सैन्य रणनीति में औपचारिक शिक्षा प्राप्त की।

शासनकाल और उपलब्धियाँ

कृष्णदेव राय अपने भाई की मृत्यु के बाद 30 वर्ष की आयु में सिंहासन पर बैठे। उन्होंने तुरंत अपने राज्य का विस्तार करने के लिए सैन्य अभियानों की एक श्रृंखला शुरू की। उन्होंने कलिंग, उदयगिरि, रायचूर और कोंडाविडु सहित कई प्रदेशों पर विजय प्राप्त की।

कृष्णदेव राय को कला, साहित्य और वास्तुकला के संरक्षण के लिए भी जाना जाता है। वे स्वयं एक महान् विद्वान थे और उन्होंने तेलुगु तथा संस्कृत में कई साहित्यिक कृतियों की रचना की। उन्होंने प्रसिद्ध कवि तेनाली राम सहित कई कवियों, विद्वानों और कलाकारों को अपने दरबार में आमंत्रित किया।

उनके शासनकाल के दौरान प्रसिद्ध विट्ठल मंदिर और हजारा राम मंदिर

सहित कई मंदिरों और स्मारकों का निर्माण किया गया। विजयनगर साम्राज्य दक्षिण भारत में सांस्कृतिक और बौद्धिक गतिविधियों का केंद्र बन गया।

कृष्णदेव राय एक न्यायप्रिय और परोपकारी शासक थे, जिन्होंने अपनी प्रजा के कल्याण का ध्यान रखा। उन्होंने कराधान और कृषि में कई सुधार किए, जिससे उनके राज्य की आर्थिक स्थिति में सुधार हुआ। उन्होंने कई तालाबों, नहरों और सिंचाई प्रणालियों का भी निर्माण कराया, जिससे कृषि के विकास में मदद मिली।

मृत्यु और विरासत

21 वर्षों के लंबे और सफल शासन के बाद 1530 ई. में कृष्णदेव राय की मृत्यु हो गई। उनका उत्तराधिकार उनके छोटे भाई अच्युतदेव राय ने लिया। कृष्णदेव राय को एक महान् राजा के रूप में याद किया जाता है, जिन्होंने विजयनगर साम्राज्य में गौरव और समृद्धि लाई। वे कला, साहित्य और वास्तुकला के भी एक महान् संरक्षक थे और उनकी विरासत आज भी उनके द्वारा बनाए गए कई मंदिरों और स्मारकों में मौजूद है।

□

19
कृष्णराज वाडियार चतुर्थ

कृष्णराज वाडियार चतुर्थ मैसूर राज्य के चौबीसवें महाराजा थे, जिसे अब भारत के कर्नाटक के रूप में जाना जाता है। उनके चाचा की मृत्यु के बाद सन् 1940 में उन्हें महाराजा का ताज पहनाया गया था। उन्होंने सन् 1974 में अपनी मृत्यु तक 34 वर्षों तक मैसूर साम्राज्य पर शासन किया। उन्हें शिक्षा, संस्कृति और मैसूर के विकास में उनके योगदान के लिए याद किया जाता है।

जन्म और परिवार

कृष्णराज वाडियार चतुर्थ का जन्म 4 जून, 1914 को मैसूर, कर्नाटक, भारत में हुआ। वे महाराजा नलवाड़ी कृष्णराज वाडियार और महारानी केंपानांजमन्नी वाणी विलास सन्निधान के सबसे बड़े पुत्र थे। उनके दो छोटे भाई थे—जयचामाराजेंद्र वाडियार और श्रीकांतदत्त नरसिम्हाराजा वाडियार।

शासन

कृष्णराज वाडियार चतुर्थ को 26 वर्ष की आयु में 8 अगस्त, 1940 को मैसूर साम्राज्य के महाराजा के रूप में ताज पहनाया गया था। अपने शासनकाल के दौरान उन्होंने मैसूर और उसके लोगों के विकास पर ध्यान केंद्रित किया। वे एक प्रगतिशील शासक थे। उन्होंने अपनी प्रजा के जीवन को बेहतर बनाने के लिए कई सुधार किए।

उनकी प्रमुख उपलब्धियों में से एक सन् 1956 में मैसूर स्टेट यूनिवर्सिटी की स्थापना थी। उन्होंने मैसूर मेडिकल कॉलेज, मैसूर लॉ कॉलेज और चामराजेंद्र एकेडमी ऑफ विजुअल आर्ट्स सहित कई अन्य शैक्षणिक संस्थानों की भी स्थापना की।

कृष्णराज वाडियार चतुर्थ कला के संरक्षक थे। उन्होंने मैसूर में संगीत, नृत्य और साहित्य के विकास को प्रोत्साहित किया। उन्होंने कई कलाकारों, संगीतकारों और लेखकों को निमंत्रित किया। उनका दरबार संस्कृति और शिक्षा का केंद्र था।

वे अपने परोपकारी कार्यों के लिए भी जाने जाते थे और कई सामाजिक व धर्मार्थ संगठनों का समर्थन करते थे। वे विशेष रूप से बच्चों के कल्याण में रुचि रखते थे और वंचित बच्चों के लिए कई अनाथालयों एवं स्कूलों की स्थापना की।

उपलब्धियाँ

अपने शासनकाल के दौरान कृष्णराज वाडियार चतुर्थ ने मैसूर के विकास में कई योगदान दिए। उनकी कुछ उल्लेखनीय उपलब्धियों में शामिल हैं—

मैसूर राज्य विश्वविद्यालय और कई अन्य शैक्षणिक संस्थानों की स्थापना।

मैसूर में कला, संगीत और साहित्य का प्रचार।

सामाजिक और धर्मार्थ संगठनों के लिए समर्थन।

सड़कों, पुलों और सिंचाई प्रणालियों के विकास सहित मैसूर के बुनियादी ढाँचे का आधुनिकीकरण।

मैसूर में उद्योगों और व्यवसायों को प्रोत्साहन।

निधन

कृष्णराज वाडियार चतुर्थ का 60 वर्ष की आयु में 3 अगस्त, 1974 को निधन हो गया। उनकी मृत्यु पर मैसूर के लोगों ने शोक व्यक्त किया, जिन्होंने उन्हें एक न्यायप्रिय और परोपकारी शासक के रूप में याद किया। उनके उत्तराधिकारी उनके सबसे बड़े पुत्र श्रीकांतदत्त नरसिम्हाराजा वाडियार थे।

कृष्णराज वाडियार चतुर्थ एक प्रगतिशील और दूरदर्शी शासक थे, जिन्होंने मैसूर राज्य के विकास में महत्त्वपूर्ण योगदान दिया। वे कला, शिक्षा और परोपकार के संरक्षक थे। उन्होंने अपनी प्रजा के जीवन को बेहतर बनाने के लिए अथक प्रयास किया। उनकी विरासत को मैसूर और पूरे भारत में आज भी याद किया जाता है।

□

20

ललितादित्य मुक्तापीड

ललितादित्य मुक्तापीड कश्मीर के एक महान् राजा थे जिन्होंने 744 ई. से 760 ई. तक शासन किया था। वे कर्कोटा राजवंश से संबंधित थे, जो एक शक्तिशाली राजवंश था जिसने 7वीं से 9वीं शताब्दी तक कश्मीर पर शासन किया था। ललितादित्य मुक्तापीड को कश्मीर के महानतम राजाओं में से एक माना जाता था। उन्हें उनके सैन्य अभियानों, क्षेत्र की कला और संस्कृति में उनके योगदान के लिए जाना जाता था।

जन्म और प्रारंभिक जीवन

ललितादित्य मुक्तापीड का जन्म 724 ई. में रानी पद्मावती और राजा कर्कोटा दुर्लभभाका के यहाँ हुआ। वे राजा रणादित्य के पोते थे, जिन्होंने कश्मीर में कर्कोटा राजवंश की स्थापना की थी। ललितादित्य को छोटी उम्र से ही युद्ध-कला और राज्य-कला में प्रशिक्षित किया गया था। वे एक कुशल योद्धा थे।

शासन

ललितादित्य मुक्तापीड अपने पिता की मृत्यु के बाद 744 ई. में कश्मीर की गद्दी पर बैठे। वे एक बहुत ही सक्षम शासक साबित हुए और उन्होंने अपने शासनकाल के दौरान कई सफल सैन्य अभियानों का नेतृत्व किया। उन्होंने मध्य एशिया, अफगानिस्तान और उत्तर भारत के बड़े हिस्से पर विजय प्राप्त की और एक विशाल साम्राज्य की स्थापना की। वे अपने प्रशासनिक सुधारों और क्षेत्र में कला एवं संस्कृति को बढ़ावा देने के लिए भी जाने जाते थे।

युद्ध, विजय और पराजय

ललितादित्य मुक्तापीड एक महान् विजेता थे और उन्होंने अपने शासनकाल के दौरान कई सफल सैन्य अभियानों का नेतृत्व किया। उन्होंने मध्य एशिया, अफगानिस्तान और उत्तर भारत के कुछ हिस्सों पर विजय प्राप्त कर एक विशाल साम्राज्य की स्थापना की। उसने तिब्बतियों एवं चीनियों को हराया और लद्दाख व गिलगित पर नियंत्रण स्थापित किया। उन्होंने अरबों और तुर्कों को भी पराजित किया और पश्चिम में अपने साम्राज्य का विस्तार किया।

हालाँकि, ललितादित्य के सैन्य अभियान हमेशा सफल नहीं रहे और उन्हें राजस्थान की लड़ाई में अरबों के हाथों एक बड़ी हार का सामना करना पड़ा। इस झटके के बावजूद वे अपनी सेना का पुनर्निर्माण करने में सक्षम थे और उन्होंने अपने साम्राज्य का विस्तार करना जारी रखा।

सामाजिक कार्य और उपलब्धियाँ

ललितादित्य मुक्तापीड अपने प्रशासनिक सुधारों और क्षेत्र में कला व संस्कृति को बढ़ावा देने के लिए जाने जाते थे। उन्होंने कई मंदिरों, महलों एवं सार्वजनिक भवनों का निर्माण कराया और कला संरक्षण किया। उन्होंने कश्मीर की प्रशासनिक व्यवस्था में कई सुधार भी किए, जिससे इस क्षेत्र में शासन को बेहतर बनाने में मदद मिली।

ललितादित्य को उनके सामाजिक कार्यों, गरीबों और दलितों के समर्थन के लिए भी जाना जाता था। उन्होंने कई धर्मार्थ संस्थाओं की स्थापना की और प्राकृतिक आपदाओं के पीड़ितों को राहत प्रदान की।

ललितादित्य मुक्तापीड कश्मीर के सबसे महान् राजाओं में से एक थे और उन्होंने इस क्षेत्र पर एक स्थायी प्रभाव छोड़ा। वे एक कुशल योद्धा और एक महान् विजेता थे, लेकिन एक बुद्धिमान और न्यायप्रिय शासक भी थे जो अपने लोगों की परवाह करते थे। कश्मीर की कला, संस्कृति और शासन में उनके योगदान को आज भी याद किया जाता है।

□

21
महापद्म नंद

नंद वंश के संस्थापक महापद्म नंद थे और उन्होंने 345 ई. से 329 ई. तक मगध साम्राज्य पर शासन किया। वे एक शक्तिशाली शासक थे जिन्हें मगध साम्राज्य बनाने के लिए उत्तरी भारत में कई छोटे राज्यों को एकजुट करने का श्रेय दिया जाता है।

जन्म और परिवार

महापद्म नंद का जन्म मगध क्षेत्र के एक धनी परिवार में हुआ था। उनके पिता का नाम महानंदिन था और उनकी माँ एक स्थानीय शासक की बेटी थीं। उनके कई भाई थे, जो भारतीय इतिहास में प्रमुख व्यक्ति भी बने।

शासन

शिशुनाग वंश के अंतिम राजा को पराजित करने के बाद महापद्म नंद मगध के राजा बने। इसके बाद उन्होंने कलिंग और वत्स राज्यों सहित कई पड़ोसी राज्यों पर विजय प्राप्त की। उनके शासनकाल में मगध भारत के सबसे शक्तिशाली साम्राज्यों में से एक बन गया।

युद्ध और विजय

महापद्म नंद को उनकी सैन्य विजय के लिए जाना जाता है, जिससे उन्हें मगध साम्राज्य का विस्तार करने में मदद मिली। उन्होंने मगध का राजा बनने के लिए शिशुनाग वंश को हराया और फिर कलिंग व वत्स सहित कई पड़ोसी राज्यों पर विजय प्राप्त की। उनकी सेनाओं ने कुरु और पांचाल राज्यों को भी हराया।

सामाजिक कार्य

कहा जाता है कि महापद्म नंद कला और वास्तुकला के संरक्षक थे। उन्हें मगध क्षेत्र में सिंचाई में सुधार के लिए कई नहरों और जलाशयों के निर्माण का श्रेय भी दिया जाता है।

उपलब्धियाँ

महापद्म नंद को उनकी सैन्य विजय और मगध साम्राज्य के निर्माण के लिए जाना जाता है। उनके शासनकाल में यह साम्राज्य भारत में सबसे शक्तिशाली बन गया। उन्हें मगध क्षेत्र में सिंचाई में सुधार के लिए कई नहरों और जलाशयों के निर्माण का श्रेय भी दिया जाता है।

मृत्यु

329 ई. में महापद्म नंद की मृत्यु हो गई और उनके आठ पुत्रों द्वारा उनका उत्तराधिकार किया गया, जिन्हें सामूहिक रूप से नंद वंश के रूप में जाना जाता है।

महापद्म नंद एक शक्तिशाली शासक थे जिन्होंने नंद वंश की स्थापना की और मगध साम्राज्य का निर्माण किया। वे अपनी सैन्य विजय, कला और वास्तुकला के संरक्षक होने के लिए जाने जाते हैं। उनके शासनकाल ने भारतीय इतिहास में एक महत्त्वपूर्ण अवधि को चिह्नित किया और नंद वंश ने उनकी मृत्यु के बाद कई वर्षों तक मगध पर शासन करना जारी रखा।

□

22

महेंद्रवर्मन प्रथम

महेंद्रवर्मन प्रथम पल्लव वंश के शासक थे, जिन्होंने 600 से 630 ई. तक शासन किया। उन्हें सबसे महान् पल्लव राजाओं में से एक माना जाता है, उन्हें कई वास्तुशिल्प और सांस्कृतिक उपलब्धियों का श्रेय दिया जाता है। महेंद्रवर्मन प्रथम कला के संरक्षक थे और एक विपुल निर्माता थे, जो अपने शासनकाल के दौरान कई महत्त्वपूर्ण मंदिरों और गुफा मंदिरों के निर्माण के लिए जिम्मेदार थे।

जन्म और पितृत्व

महेंद्रवर्मन प्रथम का जन्म छठी शताब्दी के प्रारंभ में पल्लव राजा सिंहविष्णु के पुत्र के रूप में हुआ था। उनकी माता का नाम ज्ञात नहीं है, लेकिन माना जाता है कि वे पल्लव वंश की रानी थीं। महेंद्रवर्मन प्रथम सिंहविष्णु के दूसरे पुत्र थे और उनके बड़े भाई कुमारविष्णु थे।

शासन

महेंद्रवर्मन प्रथम अपने पिता सिंहविष्णु की मृत्यु के बाद 600 ई. में सिंहासन पर बैठे। उन्होंने 630 ई. में अपनी मृत्यु तक 30 वर्षों तक पल्लव साम्राज्य पर शासन किया। अपने शासनकाल के दौरान उन्होंने राज्य के क्षेत्र का विस्तार किया और बादामी के चालुक्यों सहित कई पड़ोसी राज्यों को हराया।

युद्ध, जीत और हार

महेंद्रवर्मन प्रथम एक कुशल योद्धा थे और उन्होंने अपने शासनकाल में कई

सफल सैन्य अभियानों का नेतृत्व किया। उन्हें बादामी के चालुक्यों, मैसूर के गंगों और मदुरै के पांड्यों को पराजित करने का श्रेय दिया जाता है। उन्होंने श्रीलंका पर भी आक्रमण किया और द्वीप पर अपना अधिकार स्थापित किया।

सामाजिक कार्य

महेंद्रवर्मन प्रथम कला के संरक्षक थे और उन्हें कई वास्तुशिल्प एवं सांस्कृतिक उपलब्धियों का श्रेय दिया जाता है। वे अपने शासनकाल के दौरान कई महत्त्वपूर्ण मंदिरों और गुफा मंदिरों के निर्माण के लिए जिम्मेदार थे, जिनमें महाबलीपुरम का शोर मंदिर भी शामिल है, जिसे द्रविड़ वास्तुकला की उत्कृष्ट कृति माना जाता है। उन्होंने कई शैक्षणिक संस्थानों की स्थापना की और विद्वानों एवं कवियों को संरक्षण दिया।

उपलब्धियाँ

महेंद्रवर्मन प्रथम का शासनकाल पल्लव वंश के इतिहास में स्वर्णयुग माना जाता है। वे एक कुशल प्रशासक थे और अपनी उदार नीतियों के लिए जाने जाते थे। उन्होंने व्यापार और वाणिज्य को प्रोत्साहित किया, जिससे राज्य की अर्थव्यवस्था का विकास हुआ। वे कला के संरक्षक भी थे और उन्हें कई स्थापत्य व सांस्कृतिक उपलब्धियों का श्रेय दिया जाता है।

महेंद्रवर्मन प्रथम पल्लव वंश के महानतम शासकों में से एक थे और उनके शासनकाल को राज्य के इतिहास में एक स्वर्णयुग माना जाता है। वे एक कुशल योद्धा, विपुल निर्माता और कलाओं के संरक्षक थे। वास्तुकला और संस्कृति में उनका योगदान आज भी सराहा जाता है और उनकी विरासत आने वाली पीढ़ियों को प्रेरित करती रहेगी।

□

23
नरसिम्हा देव प्रथम

नरसिम्हा देव प्रथम मध्यकालीन भारत में पूर्वी गंग राजवंश के एक शक्तिशाली शासक थे। वे अपने पिता अनंग भीम देव तृतीय के उत्तराधिकारी थे और उन्होंने 1238 से 1264 ई. तक शासन किया। वे अपने प्रशासनिक और सैन्य कौशल के साथ-साथ कला व संस्कृति के संरक्षण के लिए जाने जाते थे।

जन्म और परिवार

नरसिम्हा देव प्रथम का जन्म 1210 ई. में पूर्वी गंग राजवंश के राजा अनंग भीम देव तृतीय और उनकी रानी कमलादेवी के यहाँ हुआ। वे उनके तीन पुत्रों में सबसे बड़े थे।

शासन और युद्ध

नरसिम्हा देव प्रथम ने 1238 ई. में 28 वर्ष की आयु में सिंहासन सँभाला। अपने शासनकाल के दौरान उन्होंने राज्य के क्षेत्र का विस्तार करने की अपने पिता की नीति को जारी रखा। उन्होंने बंगाल के मुसलिम शासक तुगराल तुगान खान को हराया और उसके क्षेत्र के एक महत्त्वपूर्ण हिस्से पर कब्जा कर लिया। उन्होंने उड़ीसा के दक्षिणी भाग पर भी विजय प्राप्त की, जिस पर चोलों का शासन था।

नरसिम्हा देव प्रथम कला और संस्कृति के संरक्षक थे। उन्होंने कोणार्क में सूर्य मंदिर के निर्माण का कार्य कराया, जो अब यूनेस्को का विश्व धरोहर स्थल है। उन्होंने साहित्य को भी संरक्षण दिया और मदला पणजी, पूर्वी गंग राजवंश के एक क्रॉनिकल जैसे कार्यों के लेखन को प्रोत्साहित किया।

उपलब्धियाँ और सामाजिक कार्य

नरसिम्हा देव प्रथम एक उदार शासक थे और उन्होंने अपने लोगों के कल्याण के लिए काम किया। उन्होंने कृषि और सिंचाई को प्रोत्साहित किया, जिससे खाद्य उत्पादन में वृद्धि हुई। उन्होंने व्यापार और वाणिज्य को भी प्रोत्साहित किया, जिससे राज्य की अर्थव्यवस्था को बढ़ावा देने में मदद मिली। उनके शासनकाल में पूर्वी गंग राजवंश कला, संस्कृति और शिक्षा का केंद्र बन गया।

मृत्यु

26 साल के शासन के बाद 1264 ई. में नरसिम्हा देव प्रथम की मृत्यु हो गई। उनका उत्तराधिकारी उनके पुत्र भानु देव प्रथम थे। नरसिम्हा देव प्रथम को पूर्वी गंग राजवंश के महानतम शासकों में से एक के रूप में याद किया जाता है और उनके शासनकाल को उड़ीसा के इतिहास में एक स्वर्णिम काल माना जाता है। उन्हें उनकी सैन्य विजय, कला व संस्कृति के संरक्षण और सामाजिक कल्याण कार्यक्रमों के लिए याद किया जाता है।

□

24
नरसिंहवर्मन प्रथम

नरसिंहवर्मन प्रथम, जिसे ममल्ला (महान् पहलवान) के नाम से भी जाना जाता है, पल्लव वंश के शासक थे, जिन्होंने 630 से 668 ई. तक शासन किया था। वे सबसे प्रसिद्ध और शक्तिशाली पल्लव राजाओं में से एक थे और उन्हें उनकी सैन्य विजय, स्थापत्य उपलब्धियों व कलाओं के संरक्षण के लिए याद किया जाता है।

जन्म और माता-पिता

नरसिंहवर्मन प्रथम का जन्म उनके पिता राजा महेंद्रवर्मन प्रथम और माता रानी भवानी के यहाँ हुआ। वे महेंद्रवर्मन प्रथम के सबसे बडे पुत्र थे और छोटी उम्र से ही युद्ध एवं राजनीति में प्रशिक्षित थे।

शासन और युद्ध

नरसिंहवर्मन प्रथम अपने पिता की मृत्यु के बाद 16 वर्ष की आयु में सिंहासन पर बैठे। अपने शासनकाल के दौरान उन्होंने चालुक्यों, गंगों और पांड्यों के खिलाफ अभियानों सहित कई सैन्य अभियान चलाए।

उनकी सबसे महत्त्वपूर्ण सैन्य उपलब्धि 642 ई. में चालुक्यों पर उनकी जीत थी, जहाँ उन्होंने वातापी की लड़ाई में चालुक्य राजा पुलकेशिन द्वितीय को हराया था। इस जीत ने पल्लव वंश को दक्षिण भारत में एक प्रमुख शक्ति के रूप में स्थापित किया और पल्लवों के लिए अपने क्षेत्र का विस्तार करने का मार्ग खोल दिया।

नरसिंहवर्मन प्रथम अपने नौसैनिक अभियानों के लिए भी जाने जाते हैं। उन्होंने कदंब नौसेना को पराजित किया और मालदीव द्वीप पर कब्जा कर

लिया। उन्होंने चीनी और दक्षिण-पूर्व एशियाई देशों के साथ व्यापारिक संबंध भी स्थापित किए।

वास्तु उपलब्धियाँ

नरसिंहवर्मन प्रथम कला के एक महान् संरक्षक थे और अपनी स्थापत्य उपलब्धियों के लिए जाने जाते थे। उन्होंने महाबलीपुरम में शोर मंदिर समेत कई शानदार मंदिरों और वास्तुशिल्प चमत्कारों के विकास का कार्य किया। शोर मंदिर यूनेस्को का विश्व धरोहर स्थल है और पल्लव वास्तुकला का एक बेहतरीन उदाहरण है।

नरसिंहवर्मन प्रथम ने कांचीपुरम में सात मंजिला कैलासनाथ मंदिर भी बनवाया, जो दक्षिण भारत के सबसे बड़े मंदिरों में से एक है। उन्होंने कांचीपुरम में वैकुंठ पेरुमल मंदिर और मुक्तेश्वर मंदिर भी बनवाया।

सामाजिक कार्य और उपलब्धियाँ

अपनी सैन्य विजय और स्थापत्य उपलब्धियों के अलावा नरसिंहवर्मन प्रथम को उनके सामाजिक कार्यों के लिए भी जाना जाता था। वे साहित्य एवं कला के महान् संरक्षक थे और कहा जाता है कि उन्होंने स्वयं कविता की रचना की थी।

नरसिंहवर्मन प्रथम को बौद्ध धर्म और जैन धर्म के संरक्षण के लिए भी जाना जाता था। उन्होंने इन धर्मों के लिए कई मठ और मंदिर बनवाए। कहा जाता है कि उन्होंने बौद्ध और जैन भिक्षुओं को बड़ी रकम उपहार में दी थी।

नरसिंहवर्मन प्रथम एक महान् शासक और दूरदर्शी राजा थे, जो दक्षिण भारत के राजनीतिक, सामाजिक और सांस्कृतिक परिदृश्य में महत्त्वपूर्ण बदलाव लाए। उनकी सैन्य विजय, स्थापत्य उपलब्धियों और कलाओं के संरक्षण ने उन्हें सबसे प्रभावशाली पल्लव राजाओं में से एक बना दिया। उन्हें एक महान् योद्धा, कला के महान् संरक्षक और धार्मिक सहिष्णुता के चैंपियन के रूप में याद किया जाता है।

□

25
पोरस

पोरस, जिसे पुरु या पोरस के नाम से भी जाना जाता है, प्राचीन भारत में पंजाब के क्षेत्र में स्थित एक राज्य पौरवों के शासक थे। उन्हें 326 ई. में सिकंदर महान् की आक्रमणकारी सेना के खिलाफ अपने वीरतापूर्ण प्रतिरोध के लिए जाना जाता है। पोरस और सिकंदर के बीच हुए युद्ध को भारतीय इतिहास की सबसे महत्त्वपूर्ण लड़ाइयों में से एक माना जाता है।

जन्म और परिवार

पोरस के जन्म की सही तारीख ज्ञात नहीं है, लेकिन उनका जन्म चौथी शताब्दी ई. में पंजाब क्षेत्र में स्थित पौरव साम्राज्य में हुआ था। पोरस राजा परमेश्वर के पुत्र थे, जिन्होंने उनसे पहले पौरव साम्राज्य पर शासन किया था। उनके प्रारंभिक जीवन और शिक्षा के बारे में ज्यादा जानकारी नहीं है।

शासन

पोरस अपने पिता के बाद पौरव साम्राज्य के राजा बने और वे सिकंदर महान् के आक्रमण के खिलाफ अपने बहादुर प्रतिरोध के लिए जाने जाते हैं। सिकंदर ने 326 ई. में भारत पर आक्रमण किया और पोरस उन कुछ भारतीय शासकों में से एक थे जिन्होंने उसका विरोध किया। हाइडस्पेस का युद्ध 326 ई. में पोरस और सिकंदर के बीच लड़ा गया था। संख्या में कम होने के बावजूद पोरस ने एक भयंकर लड़ाई लड़ी और उनकी सेना ने सिकंदर की सेना को भारी नुकसान पहुँचाया। हालाँकि, अंत में, पोरस की हार हुई और उन्हें बंदी बना लिया गया।

अपनी हार के बाद सिकंदर पोरस की बहादुरी से प्रभावित हुआ और उन्हें उनका राज्य वापस दे दिया।

युद्ध और उपलब्धियाँ

पोरस की सबसे महत्त्वपूर्ण उपलब्धि सिकंदर महान् के आक्रमण के खिलाफ उनका वीरतापूर्ण प्रतिरोध था। उनकी सेना ने संख्या में कम होने के बावजूद सिकंदर की सेना को भारी नुकसान पहुँचाया। हाइडेस्पेस के युद्ध में उनकी वीरता को भारतीय इतिहास में आज भी याद किया जाता है।

मौत

पोरस की मृत्यु की सही तारीख और कारण ज्ञात नहीं है। ऐसा माना जाता है कि भारत में सिकंदर की बाद की लड़ाइयों में से एक में लड़ते हुए उनकी मृत्यु हो गई।

पोरस एक बहादुर शासक थे जिन्होंने सिकंदर महान् के भारत पर आक्रमण का विरोध किया था। उन्हें हाइडेस्पेस की लड़ाई में उनकी बहादुरी के लिए याद किया जाता है, जहाँ उनकी सेना ने सिकंदर की सेना को भारी नुकसान पहुँचाया था। हालाँकि वे युद्ध में हार गए। सिकंदर के आक्रमण के खिलाफ पोरस के प्रतिरोध को भारतीय इतिहास की सबसे महत्त्वपूर्ण घटनाओं में से एक माना जाता है।

□

26
प्रताप सिंह

प्रताप सिंह सिसोदिया राजपूत वंश के एक प्रसिद्ध राजा थे जिन्होंने भारत के राजस्थान में मेवाड़ राज्य पर शासन किया था। उनका जन्म सन् 1540 में राजस्थान के कुंभलगढ़ में हुआ था और सन् 1572 में सिंहासन पर बैठे। प्रताप सिंह को उनकी बहादुरी और सम्राट अकबर के अधीन मुगल साम्राज्य के खिलाफ उनके प्रतिरोध के लिए जाना जाता है। उन्होंने कई लड़ाइयाँ लड़ीं और उन्हें राजपूतों के नायक के रूप में याद किया जाता है।

जन्म और प्रारंभिक जीवन

प्रताप सिंह का जन्म सन् 1540 में राजस्थान के कुंभलगढ़ में महाराणा उदय सिंह द्वितीय और रानी जीवन कँवर के घर हुआ। वे अपने माता-पिता के सबसे बड़े पुत्र थे और छोटी उम्र से ही युद्ध और कूटनीति की कला में प्रशिक्षित थे। प्रताप सिंह को घुड़सवारी, तलवारबाजी और योद्धा राजा बनने के लिए आवश्यक अन्य कौशल में प्रशिक्षित किया गया था।

शासन

प्रताप सिंह अपने पिता की मृत्यु के बाद सन् 1572 में मेवाड़ की गद्दी पर बैठे। हालाँकि, उनके राज्याभिषेक को अन्य राजपूत शासकों द्वारा स्वीकार नहीं किया गया था क्योंकि उन्होंने 'तिलक' समारोह करने का पारंपरिक कार्य नहीं किया था। इसके कारण प्रताप सिंह और अन्य राजपूत शासकों के बीच झगड़ा हुआ, जिन्होंने सम्राट अकबर के अधीन मुगल साम्राज्य के साथ गठबंधन किया।

युद्ध और विजय

प्रताप सिंह अपनी बहादुरी और मुगल साम्राज्य के खिलाफ अपने प्रतिरोध के लिए जाने जाते थे। उन्होंने कई लड़ाइयाँ लड़ीं, जिनमें से सबसे प्रसिद्ध सन् 1576 में हल्दीघाटी का युद्ध था। इस लड़ाई में उन्हें राजा मान सिंह की कमान में एक बहुत बड़ी मुगल सेना का सामना करना पड़ा। संख्या में कम होने के बावजूद प्रताप सिंह ने बहादुरी से लड़ाई लड़ी और युद्ध के मैदान से भागने में सफल रहे। उन्होंने मुगलों के खिलाफ गुरिल्ला युद्ध जारी रखा और उनके खिलाफ कई लड़ाइयाँ जीतीं।

हार

सन् 1576 में हल्दीघाटी के युद्ध में प्रताप सिंह को एक बड़ी हार का सामना करना पड़ा, जहाँ उन्हें राजा मान सिंह के अधीन मुगल सेना ने पछाड़ दिया था। हालाँकि वे युद्ध के मैदान से भागने में सफल रहे, लेकिन उन्होंने युद्ध में अपने कई योद्धाओं को खो दिया। सन् 1582 में देवर की लड़ाई में भी उन्हें हार का सामना करना पड़ा, जहाँ मिर्जा हकीम की कमान में मुगल सेना ने उनकी सेना को हराया था।

सामाजिक कार्य

प्रताप सिंह अपने लोगों के कल्याण में योगदान के लिए जाने जाते थे। उन्होंने अपने राज्य में कई स्कूलों और अस्पतालों की स्थापना की। उन्होंने लोगों को मुफ्त शिक्षा और स्वास्थ्य सेवा प्रदान की। उन्होंने अपने राज्य में कई मंदिरों और अन्य धार्मिक संरचनाओं का भी निर्माण किया।

उपलब्धियाँ

प्रताप सिंह राजपूतों के नायक और मुगल साम्राज्य के खिलाफ प्रतिरोध के प्रतीक के रूप में याद किए जाते हैं। वे अपनी बहादुरी और अपने लोगों के प्रति अटूट प्रतिबद्धता के लिए जाने जाते थे। उन्होंने मुगलों के खिलाफ कई लड़ाइयाँ लड़ीं और उनमें से कई में जीत हासिल की। उन्हें अपने लोगों के कल्याण में उनके योगदान और शिक्षा व स्वास्थ्य सेवा को बढ़ावा देने के उनके प्रयासों के लिए भी याद किया जाता है।

प्रताप सिंह सिसोदिया राजपूत वंश के एक प्रसिद्ध राजा थे जिन्होंने सम्राट अकबर के अधीन मुगल साम्राज्य के खिलाफ लड़ाई लड़ी थी। वे अपनी बहादुरी और अपने लोगों के प्रति अटूट प्रतिबद्धता के लिए जाने जाते थे। उन्होंने कई लड़ाइयाँ लड़ीं और उनमें से कई में जीत हासिल की, हालाँकि उन्हें हार का भी सामना करना पड़ा। प्रताप सिंह को राजपूतों के नायक और मुगल साम्राज्य के खिलाफ प्रतिरोध के प्रतीक के रूप में याद किया जाता है।

□

27

प्रतापरुद्र द्वितीय

प्रतापरुद्र द्वितीय काकतीय वंश के शासक थे जिन्होंने 1295 से 1323 ई. तक शासन किया था। वे एक शक्तिशाली और सम्मानित शासक थे, जो अपने सैन्य कौशल, प्रशासनिक कौशल और कला एवं साहित्य के संरक्षण के लिए जाने जाते थे।

जन्म और पारिवारिक पृष्ठभूमि

प्रतापरुद्र द्वितीय का जन्म 1288 ई. में काकतीय शासक रुद्रमा देवी और उनके पति वीरभद्र के पुत्र के रूप में हुआ। उनकी माँ, रुद्रमा देवी, काकतीय वंश के सबसे प्रसिद्ध शासकों में से एक थीं, जो एक योद्धा के रूप में अपनी बहादुरी और कौशल के लिए जानी जाती थीं। प्रतापरुद्र द्वितीय काकतीय वंश के अंतिम शासक थे और उन्हें अपनी माँ से राज्य विरासत में मिला था।

शासनकाल और उपलब्धियाँ

प्रतापरुद्र द्वितीय 17 वर्ष की आयु में सन् 1295 में सिंहासन पर बैठे। वे एक कुशल योद्धा थे और उन्होंने दिल्ली सल्तनत की हमलावर ताकतों के खिलाफ अपने राज्य का सफलतापूर्वक बचाव किया। अपने शासनकाल के दौरान उन्होंने पड़ोसी प्रदेशों को जीतकर राज्य के क्षेत्र का भी विस्तार किया।

प्रतापरुद्र द्वितीय अपने प्रशासनिक कौशल और कला एवं साहित्य के संरक्षण के लिए भी जाने जाते थे। वे तेलुगु साहित्य के बहुत बड़े समर्थक थे और उन्हें अपने शासनकाल के दौरान कई साहित्यिक कार्यों को शुरू करने का श्रेय दिया जाता है। उन्होंने अपने पूरे राज्य में कई शैक्षणिक संस्थानों और अस्पतालों की भी स्थापना की।

कला और साहित्य के अपने संरक्षण के अलावा प्रतापरुद्र द्वितीय हिंदू धर्म की शैववादी शाखा के एक अनुयायी थे। वे अपने पूरे राज्य में कई मंदिरों और अन्य धार्मिक संरचनाओं के निर्माण के लिए जाने जाते हैं।

युद्ध और हार

अपने शासनकाल के दौरान प्रतापरुद्र द्वितीय को कई युद्धों और लड़ाइयों का सामना करना पड़ा। उनकी सबसे उल्लेखनीय सैन्य व्यस्तताओं में से एक दिल्ली के तुगलक वंश के खिलाफ थी। 1321 ई. में गाजी मलिक के नेतृत्व में तुगलक सेना ने काकतीय साम्राज्य पर आक्रमण किया। एक वीरतापूर्ण लड़ाई लड़ने के बावजूद प्रतापरुद्र द्वितीय अंततः पराजित हुए और तुगलक सेना द्वारा बंदी बना लिये गए।

मृत्यु और विरासत

अपनी हार के बाद प्रतापरुद्र द्वितीय को दिल्ली ले जाया गया जहाँ 1323 ई. में कैद में उनकी मृत्यु हो गई। उनका बड़ा बेटा उत्तराधिकारी बना, जिसने काकतीय वंश के अंत में तुगलक सेना द्वारा पराजित होने से पहले एक संक्षिप्त अवधि के लिए शासन किया था।

प्रतापरुद्र द्वितीय को एक शक्तिशाली और न्यायप्रिय शासक के रूप में याद किया जाता है जिन्होंने हमलावर ताकतों के खिलाफ अपने राज्य का सफलतापूर्वक बचाव किया और अपने क्षेत्रों का विस्तार किया। उन्हें कला और साहित्य के संरक्षण, अपने राज्य के सांस्कृतिक और धार्मिक जीवन में उनके योगदान के लिए भी याद किया जाता है। उनकी विरासत आज भी भारत के तेलुगुभाषी क्षेत्रों में लोगों को प्रेरित करती है।

□

28
पृथ्वीराज चौहान

पृथ्वीराज चौहान एक राजपूत राजा थे जिन्होंने उत्तरी भारत में चौहान राजवंश पर 1178 से 1192 ई. तक शासन किया। वे लड़ाई में अपनी वीरता और साहस के लिए जाने जाते है, खासकर अफगानिस्तान के मुसलिम शासक मुहम्मद गोरी के खिलाफ।

जन्म और प्रारंभिक जीवन

पृथ्वीराज चौहान का जन्म 1168 ई. में अजमेर, राजस्थान में राजा सोमेश्वर चौहान और रानी कर्पूरादेवी के यहाँ हुआ। उन्हें तीरंदाजी, घुड़सवारी, सैन्य रणनीति और साहित्य जैसे विभिन्न विषयों में शिक्षा मिली थी। पृथ्वीराज चौहान कम उम्र से ही एक कुशल योद्धा और विशेषज्ञ धनुर्धर थे।

शासन

पृथ्वीराज चौहान अपने पिता की मृत्यु के बाद 20 वर्ष की आयु में सिंहासन पर बैठे। उन्होंने दिल्ली, अजमेर और राजस्थान के कुछ हिस्सों पर बड़ी दक्षता और कौशल के साथ शासन किया। उनके पास 3 लाख सैनिकों की सेना थी और वे युद्धों में अपनी वीरता के लिए जाने जाते थे। उन्होंने कन्नौज, भटिंडा और हाँसी सहित पड़ोसी राज्यों पर विजय प्राप्त करके अपने राज्य का विस्तार किया।

युद्ध, विजय और पराजय

पृथ्वीराज चौहान की सबसे प्रसिद्ध लड़ाई अफगानिस्तान के मुसलिम शासक मुहम्मद गोरी के खिलाफ थी। 1191 ई. में पृथ्वीराज चौहान ने तराइन के प्रथम युद्ध

में गोरी को पराजित किया। हालाँकि, 1192 ई. में गोरी एक बड़ी सेना के साथ लौटा और पृथ्वीराज चौहान तराइन की दूसरी लड़ाई में हार गए। उन्हें बंदी बना लिया गया और बाद में गोरी द्वारा मार डाला गया।

सामाजिक कार्य और उपलब्धियाँ

पृथ्वीराज चौहान कला और साहित्य के संरक्षण के लिए जाने जाते थे। उनके दरवारी कवि चंदबरदाई ने ब्रजभाषा में प्रसिद्ध महाकाव्य पृथ्वीराज रासो की रचना की। वे जैन धर्म के संरक्षक भी थे और उन्होंने राजस्थान में कई जैन मंदिरों का निर्माण कराया। उन्हें कई सिंचाई परियोजनाओं की स्थापना का श्रेय दिया जाता है, जिससे उनके राज्य में कृषि का विकास हुआ।

चौहान वंश के एक प्रसिद्ध राजा और भारतीय इतिहास में एक प्रतिष्ठित व्यक्ति थे पृथ्वीराज चौहान। वे अपनी वीरता और सैन्य कौशल के लिए पूजनीय हैं और उनका नाम विदेशी आक्रमणकारियों के खिलाफ प्रतिरोध की भावना का पर्याय है। तराइन की दूसरी लड़ाई में उनकी हार के बावजूद उनकी विरासत भारत के लोगों के दिलों में बसी हुई है।

□

29
पुलकेशिन द्वितीय

पुलकेशिन द्वितीय चालुक्य वंश के एक प्रसिद्ध राजा थे जिन्होंने 610 से 642 ई. तक शासन किया। उन्हें चालुक्य वंश के सबसे सफल और शक्तिशाली शासकों में से एक माना जाता है। पुलकेशिन द्वितीय कला, वास्तुकला और साहित्य के संरक्षक थे। उनके शासनकाल में व्यापक निर्माण और मंदिर-निर्माण की गतिविधियों को चिह्नित किया गया था।

जन्म और प्रारंभिक जीवन

पुलकेशिन द्वितीय का जन्म चालुक्य वंश में हुआ था, जो एक शक्तिशाली दक्षिण भारतीय राजवंश था जिसने दक्षिण भारत के बड़े हिस्से पर शासन किया था। वे राजा कीर्तिवर्मन प्रथम के पुत्र थे और बादामी चालुक्य वंश के थे। उन्हें कम उम्र से ही सैन्य और प्रशासनिक मामलों में प्रशिक्षित किया गया था और वे अपनी बहादुरी, बुद्धिमत्ता और सैन्य कौशल के लिए जाने जाते थे।

शासन

पुलकेशिन द्वितीय अपने पिता की मृत्यु के बाद 610 ई. में सिंहासन पर बैठे। उनके शासनकाल में कई सैन्य अभियान हुए और उन्होंने चालुक्य साम्राज्य को अपनी सबसे बड़ी सीमा तक बढ़ाया। उन्होंने पल्लवों, कदंबों, गंगों और राष्ट्रकूटों के शक्तिशाली राज्यों को पराजित किया और पूरे दक्कन क्षेत्र पर अपना प्रभुत्व स्थापित किया। उन्हें विशेष रूप से 642 ई. में वातापी की लड़ाई में पल्लवों पर अपनी जीत के लिए याद किया जाता है, जिसने पल्लव वंश के पतन को चिह्नित किया था।

पुलकेशिन द्वितीय कला, वास्तुकला और साहित्य के संरक्षक थे और उन्होंने कई मंदिरों व स्मारकों के निर्माण को प्रोत्साहित किया। इनमें से सबसे प्रसिद्ध हंपी का विरूपाक्ष मंदिर है, जो उनके शासनकाल के दौरान बनाया गया था। उन्होंने कई साहित्यिक कार्यों को भी प्रायोजित किया और उनका दरबार कई प्रसिद्ध विद्वानों और कवियों का घर था।

युद्ध, जीत और हार

पुलकेशिन द्वितीय के शासनकाल में कई सैन्य अभियान हुए और उनमें से अधिकांश में वे विजयी हुए। उनकी सबसे प्रसिद्ध जीत वातापी की लड़ाई थी, जिसमें उन्होंने पल्लव राजा नरसिंहवर्मन को हराया और वातापी शहर (आधुनिक बादामी) पर कब्जा कर लिया।

हालाँकि, पुलकेशिन द्वितीय को मणिमंगलम की लड़ाई में चोल राजा नरसिंहवर्मन प्रथम के हाथों एक बड़ी हार का सामना करना पड़ा। इस हार ने चालुक्य साम्राज्य को कमजोर कर दिया, साथ ही इसने अपने कुछ क्षेत्रों को खो दिया।

सामाजिक कार्य

पुलकेशिन द्वितीय कला, वास्तुकला और साहित्य के संरक्षक थे। उनके शासनकाल में व्यापक निर्माण और मंदिर-निर्माण गतिविधियों को चिह्नित किया गया था। उन्होंने हंपी में विरूपाक्ष मंदिर सहित कई मंदिरों और स्मारकों के निर्माण को प्रोत्साहित किया, जो उनके शासनकाल के दौरान बनाए गए थे। उन्होंने कई साहित्यिक कार्यों को भी बढ़ावा दिया। उनका दरबार कई प्रसिद्ध विद्वानों और कवियों का घर था।

उपलब्धियाँ

पुलकेशिन द्वितीय को चालुक्य वंश के सबसे सफल और शक्तिशाली शासकों में से एक माना जाता है। उन्होंने चालुक्य साम्राज्य को उसकी सबसे बड़ी सीमा तक बढ़ाया और पूरे दक्कन क्षेत्र पर अपना प्रभुत्व स्थापित किया। उन्होंने पल्लवों, कदंबों, गंगों और राष्ट्रकूटों के शक्तिशाली राज्यों को हराया और वातापी के युद्ध में पल्लवों पर उसकी जीत ने पल्लव वंश के पतन को चिह्नित किया। उनकी विरासत भारतीय इतिहास व संस्कृति को प्रेरित और प्रभावित करती रही है।

□

30

राजराजा चोल

राजराजा चोल, जिन्हें राजराजा महान् के नाम से भी जाना जाता है, चोल वंश के एक प्रसिद्ध राजा थे, जो प्राचीन दक्षिण भारत के सबसे लंबे समय तक शासन करने वाले और सबसे शक्तिशाली राज्यों में से एक थे। वे 985 ई. में सिंहासन पर बैठे और 1014 ई. में अपनी मृत्यु तक लगभग तीन दशकों तक शासन किया। वे अपने सैन्य कौशल, प्रशासनिक क्षमताओं, कला, वास्तुकला और साहित्य के संरक्षण, चोल साम्राज्य के विकास व समृद्धि में योगदान के लिए जाने जाते थे। राजराजा चोल को भारतीय इतिहास के सबसे महान् राजाओं में से एक माना जाता है।

जन्म और प्रारंभिक जीवन

राजराजा चोल का जन्म 947 ई. में सुंदर चोल और पांड्य राजा की बेटी वनवन महादेवी के यहाँ हुआ था। वे चोल वंश के तीसरे शासक थे और अपने पिता सुंदर चोल के बाद गद्दी पर बैठे। राजराजा चोल अच्छी तरह से शिक्षित थे। उन्हें सैन्य रणनीति, प्रशासन और युद्ध-कला में प्रशिक्षित किया गया था।

शासन

राजराजा चोल 985 ई. में सिंहासन पर बैठे और तुरंत चोल साम्राज्य का विस्तार करने के लिए सैन्य अभियानों की एक श्रृंखला शुरू की। उन्होंने पांड्य साम्राज्य को हराया और मदुरै शहर सहित उनके क्षेत्रों पर कब्जा कर लिया। उन्होंने चेर और चालुक्य राज्यों पर भी विजय प्राप्त की और उनकी सेना श्रीलंका के उत्तरी भाग में पहुँच गई। राजराजा चोल अपनी सैन्य रणनीति और नौसैनिक शक्ति

के उपयोग के लिए जाने जाते थे, जिससे उन्हें चोल साम्राज्य को अपने चरम पर पहुँचाने में मदद मिली।

अपनी सैन्य विजय के अलावा राजराजा चोल अपने प्रशासनिक सुधारों के लिए भी जाने जाते थे। उन्होंने राजस्व संग्रह की एक नई प्रणाली शुरू की, सिंचाई प्रणाली में सुधार किया और अपनी प्रजा के लिए कई कल्याणकारी योजनाओं को शुरू किया। उन्होंने कला, वास्तुकला और साहित्य को भी संरक्षण दिया। उनके शासनकाल को तमिल भाषा और संस्कृति के लिए एक स्वर्णिम काल माना जाता है।

उपलब्धियाँ

राजराजा चोल अपनी भव्य वास्तुकला परियोजनाओं के लिए जाने जाते थे, जिनमें से सबसे प्रसिद्ध तंजावुर में बृहदेश्वर मंदिर है। यह मंदिर यूनेस्को का विश्व धरोहर स्थल है और इसे द्रविड़ वास्तुकला के बेहतरीन उदाहरणों में से एक माना जाता है। यह मंदिर भगवान शिव को समर्पित है और इसमें एक विशाल मीनार या विमान है, जो भारत में सबसे ऊँचे मंदिरों में से एक है। मंदिर में कई मूर्तियाँ, पेंटिंग और शिलालेख भी हैं, जो चोल साम्राज्य की कला और संस्कृति को दर्शाते हैं।

बृहदेश्वर मंदिर के अलावा राजराजा चोल ने दारासुरम में ऐरावतेश्वर मंदिर और गंगईकोंडा चोलपुरम मंदिर सहित कई अन्य मंदिरों का भी निर्माण कराया। उन्होंने कई सिंचाई टैंकों और नहरों का भी निर्माण कराया, जिनसे इस क्षेत्र में कृषि उत्पादकता में सुधार करने में मदद मिली।

राजराजा चोल का शासनकाल चोल वंश के लिए बहुत समृद्धि और विकास का काल था। उनकी सैन्य विजय, प्रशासनिक सुधार और कला व संस्कृति के संरक्षण ने चोल साम्राज्य को प्राचीन भारत में सबसे शक्तिशाली और समृद्ध राज्यों में से एक के रूप में स्थापित करने में मदद की। राजराजा चोल का कला और वास्तुकला में योगदान आज भी याद किया जाता है और उनके शासनकाल को तमिल इतिहास में एक स्वर्णिम काल माना जाता है।

□

31

राजराजा नरेंद्र

राजराजा नरेंद्र पूर्वी गंग राजवंश के एक उल्लेखनीय राजा थे, जिन्होंने 1019 से 1061 ई. तक शासन किया। वे गंग वंश के सबसे प्रभावशाली शासकों में से एक थे, जिन्होंने राज्य की सीमाओं का विस्तार किया, अर्थव्यवस्था को मजबूत किया और राज्य प्रशासन में सुधार किया।

जन्म और प्रारंभिक जीवन

राजराजा नरेंद्र का जन्म पूर्वी गंग राजवंश के राजा राजराजा देव और रानी वामादेवी के यहाँ हुआ। वे राजा अनंतवर्मन चोडगंग देव के पोते थे, जो गंग वंश के एक प्रसिद्ध शासक थे। उनका पालन-पोषण और शिक्षा एक शाही परिवार के माहौल में हुई, जहाँ उन्होंने एक सफल राजा बनने के लिए आवश्यक प्रशासन, युद्ध और अन्य आवश्यक कौशल सीखे।

शासनकाल और उपलब्धियाँ

अपने पिता की मृत्यु के बाद राजराजा नरेंद्र 1036 ई. में 17 वर्ष की छोटी उम्र में सिंहासन पर बैठे। उन्होंने अपने दादा की विरासत को सँजोए रखा और राज्य की अर्थव्यवस्था एवं प्रशासन में सुधार के लिए कई उपाय किए। उनके शासन में पूर्वी गंग वंश अपनी शक्ति और समृद्धि की ऊँचाई पर पहुँच गया।

राजराजा नरेंद्र ने पड़ोसी राज्यों पर कब्जा करके और हमलावर सेनाओं को हराकर राज्य की सीमाओं का विस्तार किया। उन्होंने चोल वंश और पाल वंश सहित कई पड़ोसी राज्यों के साथ राजनयिक संबंध भी स्थापित किए।

वे कला और साहित्य के संरक्षक थे। उन्होंने अपने राज्य में संस्कृत और

क्षेत्रीय साहित्य के विकास को बढ़ावा दिया। उनके शासनकाल के दौरान साहित्य के कई महान् कार्यों की रचना की गई, जिनमें प्रसिद्ध 'मदाला पणजी' भी शामिल है, जो गंग वंश के इतिहास का एक क्रॉनिकल है।

राजराजा नरेंद्र भगवान शिव के भक्त थे और उन्होंने भगवान शिव एवं अन्य देवताओं को समर्पित कई मंदिरों का निर्माण कराया। इनमें से सबसे उल्लेखनीय भुवनेश्वर का लिंगराज मंदिर है, जिसे कलिंग वास्तुकला की उत्कृष्ट कृति माना जाता है।

उन्होंने अपने राज्य में व्यापार और वाणिज्य को भी प्रोत्साहित किया, साथ ही कई बंदरगाहों और व्यापारिक केंद्रों का निर्माण कराया। उनके शासनकाल में चेलिटालो बंदरगाह की स्थापना हुई, जो भारत के पूर्वी तट पर एक महत्त्वपूर्ण व्यापारिक केंद्र बन गया।

राजराजा नरेंद्र पूर्वी गंग राजवंश के सबसे सफल और प्रभावशाली शासकों में से एक थे। उनके शासनकाल को शांति, समृद्धि और सांस्कृतिक विकास द्वारा चिह्नित किया गया था। उनकी विरासत आज भी लोगों को प्रेरित करती है और ओडिशा और पूर्वी भारत के विकास में उनके योगदान को आज भी याद किया जाता है।

□

32

राजा वोडेयार

राजा वोडेयार, जिन्हें राजा वाडियार के नाम से भी जाना जाता है, वोडेयार वंश के एक राजा थे जिन्होंने सन् 1578 से 1617 तक मैसूर साम्राज्य पर शासन किया था। उन्हें एक महान् शासक के रूप में याद किया जाता है जिन्होंने मैसूर के भविष्य की समृद्धि की नींव रखी।

जन्म और परिवार

राजा वोडेयार का जन्म सन् 1578 में मैसूर के शाही परिवार में हुआ। वे राजा उर्सु के पुत्र और राजा वीरा वोडेयार के पोते थे।

शासन

राजा वोडेयार अपने पिता की मृत्यु के बाद 18 वर्ष की आयु में सिंहासन पर बैठे। राजा के रूप में उनके शुरुआती वर्षों को राजनीतिक अस्थिरता और संघर्ष के रूप में चिह्नित किया गया है, क्योंकि राज्य के नियंत्रण के लिए विभिन्न गुटों में होड़ थी।

राजा वोडेयार अशांति को शांत करने और खुद को मैसूर के निर्विवाद शासक के रूप में स्थापित करने में कामयाब रहे। वे एक सक्षम प्रशासक थे और उन्होंने राज्य के बुनियादी ढाँचे में सुधार के लिए कड़ी मेहनत की। उन्होंने सड़कों, नहरों और पुलों का निर्माण कराया, जिससे राज्य के विभिन्न हिस्सों को जोड़ने और व्यापार व वाणिज्य को बढ़ावा देने में मदद मिली।

राजा वोडेयार कला और साहित्य के संरक्षक भी थे। उन्होंने कवियों, लेखकों और संगीतकारों का समर्थन किया और उन्हें मैसूर की संस्कृति एवं परंपराओं का जश्न मनाने वाले कार्यों को बनाने के लिए प्रोत्साहित किया।

युद्ध और विजय

अपने शासनकाल के दौरान राजा वोडेयार को कई सैन्य चुनौतियों का सामना करना पड़ा। उन्हें पड़ोसी राज्यों की सेनाओं से लड़ना पड़ा, जो मैसूर के धन और संसाधनों से ईर्ष्या करते थे।

राजा वोडेयार एक कुशल योद्धा और रणनीतिकार थे। उन्होंने अपने दुश्मनों के खिलाफ कई लड़ाइयाँ जीतीं। उन्होंने मैसूर की स्थिति को मजबूत करने और उसके हितों की रक्षा के लिए अन्य राज्यों के साथ गठबंधन भी किया।

हार

अपने सैन्य कौशल के बावजूद, राजा वोडेयार को कई युद्ध में हार का भी सामना करना पड़ा। उन्हें अपने कुछ अभियानों से पीछे हटने के लिए मजबूर होना पड़ा और उनकी सेना को इस अवसर पर भारी नुकसान उठाना पड़ा।

सामाजिक कार्य और उपलब्धियाँ

राजा वोडेयार एक उदार शासक थे, जो अपने लोगों के कल्याण के बारे में गहराई से चिंतित थे। उन्होंने स्कूलों और कॉलेजों की स्थापना की और राज्य में शिक्षा तथा साक्षरता को बढ़ावा दिया। उन्होंने सार्वजनिक स्वास्थ्य और स्वच्छता में सुधार के लिए भी कदम उठाए।

राजा वोडेयार कला और साहित्य के महान् संरक्षक थे। उन्होंने कई मंदिरों के निर्माण को बढ़ावा दिया और कला के कार्यों को कमीशन किया, जो मैसूर की समृद्ध सांस्कृतिक विरासत को दर्शाता है।

राजा वोडेयार एक दूरदर्शी शासक थे जिन्होंने अपने लोगों के जीवन को बेहतर बनाने के लिए अथक प्रयास किया। उनके शासनकाल ने मैसूर के लिए समृद्धि और स्थिरता की अवधि को चिह्नित किया और उन्हें वोडेयार राजवंश के महानतम राजाओं में से एक के रूप में याद किया जाता है।

□

33
राजराजा तृतीय

राजराजा तृतीय पांड्य वंश के एक राजा थे जिन्होंने 13वीं शताब्दी ई. के दौरान भारत के दक्षिणी भाग पर शासन किया। वे मारवर्मन सुंदर पांड्या द्वितीय के पुत्र थे और अपने पिता की मृत्यु के बाद सिंहासन पर बैठे। राजराजा तृतीय के शासनकाल को पड़ोसी राज्यों के साथ संघर्षों द्वारा चिह्नित किया गया है, जिसमें चोल और होयसल शामिल थे। अपनी सैन्य असफलताओं के बावजूद वे अपने राज्य पर अपनी पकड़ बनाए रखने में सक्षम थे। उन्हें तमिल साहित्य में उनके योगदान के लिए याद किया जाता है।

जन्म और परिवार

राजराजा तृतीय का जन्म 1216 ई. में पांड्य वंश के शासक मारवर्मन सुंदर पांड्या द्वितीय के पुत्र के रूप में हुआ। उनकी माँ का नाम ज्ञात नहीं है। राजराजा तृतीय का एक भाई था जिसका नाम जाटवर्मन सुंदर पांड्या था, जिसने कुछ समय के लिए पांड्य साम्राज्य पर शासन किया था।

शासन

1238 ई. में अपने पिता की मृत्यु के बाद राजराजा तृतीय गद्दी पर बैठे। अपने शासनकाल के दौरान उन्हें पड़ोसी राज्यों से कई चुनौतियों का सामना करना पड़ा। चोल, जो कभी पांड्यों के सहयोगी थे, ने पांड्य साम्राज्य पर हमला किया, जिससे एक लंबा युद्ध हुआ। राजराजा तृतीय को मदुरै शहर को चोलों को सौंपने और उन्हें क्षतिपूर्ति के लिए मजबूर किया गया।

होयसला, जिन्होंने वर्तमान कर्नाटक के कुछ हिस्सों पर शासन किया, ने भी

पांड्य साम्राज्य के लिए खतरा पैदा कर दिया। राजराजा तृतीय उनके साथ कई युद्धों में लगे रहे, लेकिन अंततः हार गए और उन्हें भी क्षतिपूर्ति के लिए मजबूर किया गया।

इन असफलताओं के बावजूद राजराजा तृतीय अपने राज्य पर अपनी पकड़ बनाए रखने में सक्षम थे। उन्हें कई मंदिरों के निर्माण और धार्मिक संस्थानों को दान देने के लिए जाना जाता है। वे तमिल साहित्य के संरक्षक भी थे और उन्होंने कई कवियों व विद्वानों का समर्थन किया।

मृत्यु और उत्तराधिकार

राजराजा तृतीय की मृत्यु 1246 ई. में हुई और उनके भाई जाटवर्मन सुंदर पांड्या ने उनका उत्तराधिकार ग्रहण किया। जाटवर्मन के शासनकाल को चोलों और होयसलाओं के साथ निरंतर संघर्ष और पांड्य वंश के अंतिम पतन के रूप में चिह्नित किया गया।

राजराजा तृतीय एक ऐसे राजा थे जिन्होंने अपने शासनकाल के दौरान कई चुनौतियों का सामना किया लेकिन अपने राज्य पर अपनी पकड़ बनाए रखने में सक्षम रहे। अपनी सैन्य असफलताओं के बावजूद उन्हें तमिल साहित्य में उनके योगदान और कलाओं के संरक्षण के लिए याद किया जाता है। उनके शासनकाल ने पांड्य वंश के लिए संक्रमण की अवधि को चिह्नित किया, जो अंततः बाहरी खतरों और आंतरिक संघर्ष के दबावों के आगे झुक गया।

□

34
राजेंद्र चालुक्य

चालुक्य वंश के शासक थे राजेंद्र चालुक्य, जिन्होंने 957 से 972 ई. तक शासन किया था। उन्हें 'राजाधिराज' और 'त्रिभुवनमल्ल' के नाम से भी जाना जाता था। अपने शासनकाल के दौरान उन्होंने अपने राज्य के क्षेत्र का विस्तार किया और कई सफल युद्ध लड़े। उन्हें कई स्थापत्य और सांस्कृतिक विकास का श्रेय भी दिया जाता है।

जन्म और परिवार

राजेंद्र चालुक्य का जन्म 935 ई. में हुआ। वे चालुक्य वंश के शासक तैलपा द्वितीय के पुत्र थे। उनकी माँ का नाम ज्ञात नहीं है। राजेंद्र चालुक्य के दो भाई सत्यश्रय और भीम थे। उनके दो बेटे जयसिम्हा और धनंजय थे।

शासन

राजेंद्र चालुक्य 957 ई. में अपने पिता तैलपा द्वितीय की मृत्यु के बाद चालुक्य वंश के शासक बने। अपने शासनकाल के दौरान उन्होंने कई पड़ोसी प्रदेशों को जीतकर अपने राज्य का विस्तार किया। उन्होंने राष्ट्रकूट राजा कृष्ण तृतीय को पराजित किया और उसके राज्य पर कब्जा कर लिया। उन्होंने चोल राजा परांतक द्वितीय को भी हराया और उसकी राजधानी तंजावुर पर कब्जा कर लिया। इसके बाद उन्होंने अपने पुत्र धनंजय को तंजावुर का राज्यपाल बनाया।

राजेंद्र चालुक्य ने अपने ही भाई पश्चिमी चालुक्य राजा सत्याश्रय के खिलाफ एक सफल सैन्य अभियान भी चलाया था। उन्होंने सत्याश्रय को हराया और उसके राज्य पर कब्जा कर लिया। हालाँकि, उसने अपने भाई को मारा

नहीं और उसे अपने जागीरदार के रूप में अपने राज्य पर शासन करने की अनुमति दी।

राजेंद्र चालुक्य कला और वास्तुकला के संरक्षक थे। उन्होंने कई मंदिरों का निर्माण कराया और नए मंदिरों के निर्माण को प्रोत्साहित किया। उन्होंने गडग में सरस्वती मंदिर और पट्टदकल में कैटभेश्वर मंदिर का निर्माण कराया। उन्होंने कन्नड़ साहित्य के विकास को भी प्रोत्साहित किया।

उपलब्धियाँ

राजेंद्र चालुक्य अपनी सैन्य विजय और अपने राज्य के विस्तार के लिए जाने जाते हैं। उन्होंने अपने समय के कई शक्तिशाली शासकों को हराया और उनके राज्यों पर कब्जा कर लिया। उन्हें कला और वास्तुकला के संरक्षण के लिए भी जाना जाता है। उन्होंने कई मंदिरों का निर्माण कराया और नए मंदिरों के निर्माण को प्रोत्साहित किया। उन्होंने कन्नड़ साहित्य के विकास को भी प्रोत्साहित किया।

मृत्यु

राजेंद्र चालुक्य की मृत्यु 972 ई. में हुई। उनका उत्तराधिकार उनके पुत्र जयसिम्हा ने लिया।

राजेंद्र चालुक्य एक शक्तिशाली शासक थे जिन्होंने कई पड़ोसी क्षेत्रों को जीतकर अपने राज्य का विस्तार किया। उन्हें कला और वास्तुकला के संरक्षण के लिए भी जाना जाता था। उन्होंने कई मंदिरों का निर्माण किया और नए मंदिरों के निर्माण को प्रोत्साहित किया। उन्हें चालुक्य वंश के सबसे महान् शासकों में से एक के रूप में याद किया जाता है।

□

35
राजेंद्र चोल

राजेंद्र चोल प्रथम, जिन्हें राजेंद्र प्रथम के नाम से भी जाना जाता है, दक्षिण भारत में चोल वंश के एक प्रमुख शासक थे। वे प्रसिद्ध राजा राजा चोल के पुत्र थे और उन्हें सबसे महान् चोल राजाओं में से एक माना जाता है। राजेंद्र चोल एक कुशल योद्धा और एक उत्कृष्ट प्रशासक थे जिन्होंने अपने शासनकाल के दौरान साम्राज्य को महान् ऊँचाइयों तक पहुँचाया। उन्हें अपने नौसैनिक अभियानों के लिए भी जाना जाता है और उन्हें हिंद महासागर में चोल नौसैनिक वर्चस्व स्थापित करने का श्रेय दिया जाता है।

जन्म और शासन

राजेंद्र चोल का जन्म तंजावुर शहर में राजराजा चोल और उनकी रानी थिरिपुवना मदेवियार के घर हुआ। वे 1014 ई. में अपने पिता की मृत्यु के बाद सिंहासन पर बैठे और 1044 ई. में अपनी मृत्यु तक शासन किया। अपने शासनकाल के दौरान उन्होंने श्रीलंका, मालदीव, बर्मा के कुछ हिस्सों और मलेशिया के कुछ हिस्सों को शामिल करने के लिए चोल साम्राज्य का विस्तार किया।

युद्ध और विजय

राजेंद्र चोल सैन्य प्रतिभा के धनी थे और उन्होंने अपने शासनकाल के दौरान कई लड़ाइयाँ जीतीं। वे विशेष रूप से अपने नौसैनिक अभियानों के लिए जाने जाते हैं, जिन्होंने हिंद महासागर में चोल वर्चस्व स्थापित करने में मदद की। उन्होंने वर्तमान कर्नाटक में पश्चिमी चालुक्य साम्राज्य को सफलतापूर्वक पराजित किया और इस क्षेत्र पर कब्जा कर लिया। उन्होंने दक्षिणी भारत के पांड्य वंश को भी

पराजित किया और उनके राज्य पर कब्जा कर लिया। उन्होंने श्रीलंका के सिंहली राजा को हराया और इसे चोल साम्राज्य का एक जागीरदार राज्य बना दिया। उन्होंने दक्षिण-पूर्व एशिया में एक नौसैनिक अभियान भेजा और मलेशिया तथा इंडोनेशिया के कुछ हिस्सों सहित कई क्षेत्रों पर विजय प्राप्त की।

सामाजिक कार्य

राजेंद्र चोल कला और साहित्य के संरक्षक थे। उन्होंने तंजावुर में बृहदेश्वर मंदिर सहित कई शानदार मंदिरों का निर्माण/विकास कराया, जिसे द्रविड़ वास्तुकला के बेहतरीन उदाहरणों में से एक माना जाता है। उन्होंने कई सिंचाई नहरों और झीलों का भी निर्माण कराया, जिससे कृषि में मदद मिली और उनकी प्रजा के जीवन स्तर में सुधार हुआ।

उपलब्धियाँ

राजेंद्र चोल की सबसे बड़ी उपलब्धि उनका नौसैनिक अभियान था। उन्होंने हिंद महासागर में एक प्रमुख नौसैनिक शक्ति के रूप में चोल साम्राज्य की स्थापना की, जिसने व्यापार और वाणिज्य के विस्तार में मदद की। उन्होंने चीन, दक्षिण-पूर्व एशिया और मध्य-पूर्व के साथ व्यापार के विकास को भी प्रोत्साहित किया। वे अपने प्रशासनिक कौशल के लिए भी जाने जाते हैं, जिन्होंने साम्राज्य को मजबूत करने और इसके सुचारु संचालन को सुनिश्चित करने में मदद की।

राजेंद्र चोल प्रथम चोल वंश के महानतम शासकों में से एक थे। उन्होंने अपने साम्राज्य का बहुत ऊँचाई तक विस्तार किया और हिंद महासागर में नौसैनिक वर्चस्व स्थापित किया। वे कला और साहित्य के संरक्षक थे। उनकी सैन्य जीत, प्रशासनिक कौशल और सामाजिक कार्य उन्हें भारतीय इतिहास में एक महत्त्वपूर्ण व्यक्ति बनाते हैं।

□

36

राणा कुंभा

राणा कुंभा सिसोदिया राजपूत राजवंश के एक प्रमुख शासक थे जिन्होंने 1433 से 1468 तक मेवाड़ राज्य पर शासन किया। वे अपने सैन्य कौशल, प्रशासनिक कौशल और सांस्कृतिक संरक्षण के लिए जाने जाते हैं और उन्हें राजपूताना क्षेत्र में भारत के सबसे शानदार शासकों में से एक माना जाता है।

जन्म और प्रारंभिक जीवन

राणा कुंभा का जन्म राजस्थान के चित्तौड़गढ़ शहर में राणा मोकल सिंह और रानी सौभाग्य देवी के यहाँ हुआ। वे राणा मोकल सिंह के दूसरे पुत्र थे और उन्हें छोटी उम्र से ही राजगद्दी के लिए तैयार किया गया था। उन्होंने युद्ध-कला, कूटनीति और राज्य-कला में एक कठोर शिक्षा प्राप्त की और 1433 में जब उनके पिता का निधन हो गया, तब वे सत्ता की बागडोर सँभालने के लिए तैयार थे।

शासन

राणा कुंभा 20 साल की उम्र में सिंहासन पर बैठे और उन्हें एक ऐसा राज्य विरासत में मिला जो अपने पड़ोसियों से गंभीर चुनौतियों का सामना कर रहा था। वे एक शानदार सैन्य रणनीतिकार थे और जल्दी से अपने राज्य को मजबूत करने के साथ उसकी सीमाओं का विस्तार करने लगे। उन्होंने मालवा सल्तनत और गुजरात सल्तनत सहित पड़ोसी राज्यों के खिलाफ सफल सैन्य अभियानों की एक श्रृंखला शुरू की और उन्हें अपने नियंत्रण में ले लिया।

उनके नेतृत्व में मेवाड़ राज्य ने अभूतपूर्व समृद्धि और सांस्कृतिक उत्कर्ष के दौर का अनुभव किया। राणा कुंभा कला और साहित्य के संरक्षक थे। वे स्वयं एक

कुशल संगीतकार और कवि थे। उन्होंने कुंभलगढ़ किले सहित कई शानदार इमारतों के निर्माण का काम सौंपा, जिसे भारतीय इतिहास के सबसे महान् किलों में से एक माना जाता है।

राणा कुंभा एक दूरदर्शी प्रशासक भी थे और उन्होंने सरकार की दक्षता और प्रभाव में सुधार के लिए कई उपाय पेश किए। उन्होंने अपने प्रतिद्वंद्वियों की गतिविधियों पर नजर रखने के लिए जासूसों एवं मुखबिरों का एक नेटवर्क स्थापित किया और कराधान की एक प्रणाली लागू की, जो उनके पूर्ववर्तियों की तुलना में अधिक न्यायसंगत और पारदर्शी थी।

युद्ध और विजय

राणा कुंभा के शासनकाल में कई सैन्य अभियान हुए और उन्हें शक्तिशाली दुश्मनों के खिलाफ कई जीत का श्रेय दिया जाता है। उन्होंने मालवा सल्तनत को कई लड़ाइयों में हराया और मांडू के किले पर कब्जा कर लिया, जिसे अभेद्य माना जाता था। उन्होंने गुजरात सल्तनत के खिलाफ एक सफल अभियान भी चलाया और महत्त्वपूर्ण बंदरगाह शहर कैंबे पर कब्जा कर लिया।

उनकी सबसे प्रसिद्ध जीत में से एक दिल्ली के सुल्तान के खिलाफ थी, जिसने 1442 में मेवाड़ पर हमला किया था। राणा कुंभा ने अपनी सेना को युद्ध में उतारा और दिल्ली सल्तनत को करारी शिकस्त दी, जिसे अव्यवस्था में पीछे हटने के लिए मजबूर होना पड़ा। इस जीत ने एक दुर्जेय योद्धा और नेता के रूप में उनकी प्रतिष्ठा को मजबूत किया। उन्होंने अपने दुश्मनों का सम्मान अर्जित किया।

सामाजिक कार्य और उपलब्धियाँ

राणा कुंभा अपनी सैन्य और प्रशासनिक उपलब्धियों के अलावा अपने सामाजिक कार्यों और परोपकार के लिए भी जाने जाते थे। उन्होंने अपने पूरे राज्य में कई स्कूलों और अस्पतालों का निर्माण कराया और विद्वानों, कवियों तथा कलाकारों को सहायता प्रदान की।

वे जैन समुदाय के संरक्षक भी थे और उन्होंने उनके सम्मान में कई मंदिरों और धर्मालयों का निर्माण कराया। उन्हें प्रसिद्ध रणकपुर जैन मंदिर को आरंभ कराने का श्रेय दिया जाता है, जिसे भारत में सबसे सुंदर और जटिल नक्काशीदार मंदिरों में से एक माना जाता है।

राणा कुंभा एक दूरदर्शी नेता थे जिन्होंने भारत के इतिहास और संस्कृति में महत्त्वपूर्ण योगदान दिया। वे एक कुशल प्रशासक, एक दुर्जेय सैन्य कमांडर और कला एवं साहित्य के संरक्षक थे। उनकी विरासत को आज भी सराहा जाता है और उन्हें राजपूताना क्षेत्र के महानतम शासकों में से एक के रूप में याद किया जाता है।

□

37
राणा सांगा

राणा सांगा, जिन्हें संग्राम सिंह के नाम से भी जाना जाता है, मेवाड़ के एक राजपूत शासक थे, जो 16वीं शताब्दी की शुरुआत में प्रमुखता से उभरे। वे युद्ध के मैदान में अपने सैन्य कौशल और बहादुरी के लिए जाने जाते थे। उन्होंने मुगल साम्राज्य के खिलाफ कई महत्त्वपूर्ण लड़ाइयों में राजपूताना साम्राज्य का नेतृत्व किया।

जन्म और प्रारंभिक जीवन

राणा सांगा का जन्म सन् 1508 में राजस्थान के मेवाड़ में हुआ। वे उस समय के मेवाड़ के शासक राणा रायमल के पुत्र थे। राणा सांगा एक राजपूत योद्धा संस्कृति में पले-बढ़े और छोटी उम्र से ही सैन्य प्रशिक्षण प्राप्त किया। वे एक युवा के रूप में भी अपनी बहादुरी और युद्ध-कौशल के लिए जाने जाते थे।

शासन

राणा सांगा अपने पिता की मृत्यु के बाद सन् 1527 में मेवाड़ के शासक बने। उन्होंने जल्दी ही खुद को एक शक्तिशाली नेता के रूप में स्थापित किया, अपने साम्राज्य का विस्तार किया और क्षेत्र में अन्य राजपूत राज्यों के साथ गठजोड़ किया। उन्होंने सन् 1527 में खानवा की लड़ाई सहित मुगल साम्राज्य के खिलाफ कई लड़ाइयों में राजपूताना साम्राज्य का नेतृत्व किया।

युद्ध और विजय

राणा सांगा का सबसे महत्त्वपूर्ण सैन्य अभियान खानवा की लड़ाई में मुगल

सम्राट बाबर के खिलाफ था। संख्या में कम होने के बावजूद उनकी सेना ने बहादुरी से लड़ाई लड़ी, लेकिन अंततः वे हार गए। राणा सांगा स्वयं युद्ध में गंभीर रूप से घायल हो गए थे और उन्होंने एक हाथ खो दिया था, जिससे वे फिर कभी तलवार से लड़ने में असमर्थ हो गए। हालाँकि, युद्ध के मैदान में उनकी बहादुरी और वीरता ने राजपूतों को प्रेरित किया, जो कई वर्षों तक मुगल साम्राज्य का विरोध करते रहे।

हार

खानवा के युद्ध में राणा सांगा की हार राजपूतों के लिए एक महत्त्वपूर्ण झटका था। अपनी वीरता और सैन्य रणनीति के बावजूद राणा सांगा मुगल सेना के बेहतर हथियारों और रणनीति को पार करने में असमर्थ थे। उनकी हार ने राजपूताना साम्राज्य के अंत की शुरुआत को चिह्नित किया, क्योंकि मुगलों ने भारत में अधिक से अधिक क्षेत्रों को जीतना शुरू कर दिया था।

सामाजिक कार्य और उपलब्धियाँ

राणा सांगा को एक बहादुर और शक्तिशाली नेता के रूप में याद किया जाता है, जिन्होंने अपने लोगों और अपने साम्राज्य की रक्षा के लिए अथक संघर्ष किया। उन्हें कला और साहित्य के संरक्षण के साथ-साथ शिक्षा और छात्रवृत्ति के प्रति उनके समर्थन के लिए भी जाना जाता है। उन्होंने मेवाड़ में कई स्कूलों व कॉलेजों की स्थापना की एवं साहित्य और दर्शन के अध्ययन को बढ़ावा दिया।

राणा सांगा राजपूत इतिहास में एक महान् व्यक्ति थे, जो अपनी बहादुरी और सैन्य रणनीति के लिए जाने जाते हैं। हालाँकि वे अंततः मुगल साम्राज्य से हार गए थे, उनकी विरासत संरक्षित है और वह राजपूतों की पीढ़ियों के लिए एक प्रेरणा बनी हुई है।

□

38

रणजीत सिंह

महाराजा रणजीत सिंह भारतीय उपमहाद्वीप के उत्तर-पश्चिमी क्षेत्र में सिख साम्राज्य के संस्थापक थे। उनका जन्म सन् 1780 में पंजाब के गुजराँवाला में एक सिख परिवार में हुआ था। अपने पिता की मृत्यु के बाद, वे 21 वर्ष की छोटी उम्र में सिख साम्राज्य के महाराजा बन गए। वे एक सैन्य प्रतिभा-संपन्न और एक कुशल प्रशासक थे, जिन्होंने सिख संघ को एकीकृत किया और 19वीं शताब्दी में एक शक्तिशाली और समृद्ध राज्य की स्थापना की। रणजीत सिंह कला के संरक्षक और धार्मिक बहुलतावादी थे, जिन्होंने आपसी संवाद को प्रोत्साहित किया और सभी धर्मों के लोगों का अपने दरबार में स्वागत किया।

जन्म और प्रारंभिक जीवन

रणजीत सिंह का जन्म 13 नवंबर, 1780 को पंजाब के गुजराँवाला में महासिंह और राज कौर के घर हुआ। उनके पिता सुकरचकिया मिसल के नेता थे, जो एक शक्तिशाली सिख संघ था। रणजीत सिंह को उनके पिता की मृत्यु के बाद उनकी माँ ने पाला था जब वे केवल 12 वर्ष के थे। 16 साल की उम्र में वे अपनी माँ की मृत्यु के बाद सुकरचकिया मिसल के नेता बन गए।

शासनकाल और उपलब्धियाँ

रणजीत सिंह एक महान् सैन्य नेता और रणनीतिकार थे जिन्होंने विजय की एक श्रृंखला के माध्यम से अपने राज्य का विस्तार किया। उन्होंने सन् 1799 में लाहौर पर विजय प्राप्त की और वहाँ अपनी राजधानी स्थापित की। इसके बाद उन्होंने अमृतसर, मुल्तान, कश्मीर और पेशावर पर विजय प्राप्त की, सतलज नदी

से खैबर दर्रे तक अपने राज्य का विस्तार किया। उन्होंने अन्य सिख मिसलों के साथ भी गठजोड़ किया और कुशल प्रशासनिक एवं न्यायिक व्यवस्था के साथ एक मजबूत केंद्र सरकार बनाई।

रणजीत सिंह के संरक्षण में सिख साम्राज्य संस्कृति और शिक्षा का केंद्र बन गया। उन्होंने कला, साहित्य और संगीत को प्रोत्साहित किया तथा पूरे भारत के कलाकारों और विद्वानों को अपने दरबार में आमंत्रित किया। उन्होंने अमृतसर में हरमंदिर साहिब (स्वर्ण मंदिर) सहित कई स्मारकों और मंदिरों का निर्माण कराया, जो आज भी सिखों के लिए पवित्र स्थल बने हुए हैं।

रणजीत सिंह एक धार्मिक बहुलतावादी भी थे जिन्होंने सभी धर्मों के लोगों का अपने दरबार में स्वागत किया। उन्होंने अपने प्रशासन में मुसलमानों, हिंदुओं एवं सिखों को नियुक्त किया और अंतर्धार्मिक संवाद को प्रोत्साहित किया। उन्होंने मसजिदों, मंदिरों और गुरुद्वारों के निर्माण का समर्थन किया, साथ ही कई धार्मिक संस्थानों को धन दान किया।

मृत्यु और विरासत

रणजीत सिंह का 27 जून, 1839 को 59 वर्ष की आयु में लाहौर में निधन हो गया। उनकी मृत्यु के बाद आंतरिक संघर्षों और अंग्रेजों के बाहरी दबावों के कारण सिख साम्राज्य का पतन शुरू हो गया। हालाँकि, एक दूरदर्शी नेता और कुशल प्रशासक के रूप में रणजीत सिंह की विरासत आज भी कायम है।

रणजीत सिंह को उनकी सैन्य विजय, राजनीतिक कौशल और कला व संस्कृति के संरक्षण के लिए याद किया जाता है। उन्होंने सिख संघ को एकीकृत किया और 19वीं शताब्दी में एक शक्तिशाली और समृद्ध राज्य की स्थापना की। उनकी विरासत सिख समुदाय को प्रेरित करती है व नेतृत्व और राज्य कौशल के उदाहरण के रूप में कार्य करती है।

□

39

रुद्र देव

रुद्र देव काकतीय वंश के शासक थे, जिन्होंने 12वीं से 14वीं शताब्दी तक दक्षिणी भारत के तेलुगुभाषी क्षेत्र पर शासन किया था। वे अपने पिता गणपति देव के उत्तराधिकारी थे और उन्होंने 1163 से 1195 ई. तक शासन किया। रुद्र देव अपने सैन्य कौशल, कला और साहित्य के संरक्षण के लिए जाने जाते थे।

जन्म और परिवार

रुद्र देव का जन्म 1149 ई. में काकतीय वंश के शासक गणपति देव और उनकी पत्नी के यहाँ हुआ। उनके दो छोटे भाई थे, जिन्होंने राजवंश के शासकों के रूप में भी काम किया। उनके परिवार का दक्षिण भारत के तेलुगुभाषी क्षेत्र पर शासन करने का एक लंबा इतिहास रहा है।

शासन

1162 ई. में अपने पिता गणपति देव की मृत्यु के बाद रुद्र देव सिंहासन पर बैठे। अपने शासनकाल के दौरान रुद्र देव ने आंध्र के तटीय क्षेत्र और वर्तमान तमिलनाडु राज्य के कुछ हिस्सों सहित कई पड़ोसी क्षेत्रों को जोड़कर काकतीय साम्राज्य के क्षेत्र का विस्तार किया। वे एक कुशल सैन्य रणनीतिकार थे और उन्होंने अपनी सेना को चोल और होयसल सहित प्रतिद्वंद्वी राज्यों के खिलाफ कई जीत दिलाईं।

रुद्र देव कला और साहित्य के संरक्षक भी थे। उन्होंने तेलुगु साहित्य के विकास को प्रोत्साहित किया और कई कवियों एवं विद्वानों के कार्यों का समर्थन किया। वे स्वयं एक कवि थे और उन्हें तेलुगु साहित्य में कई रचनाओं के सृजन का श्रेय दिया जाता है।

युद्ध, विजय और पराजय

रुद्र देव अपने सैन्य-कौशल के लिए जाने जाते थे और उन्होंने अपने शासनकाल के दौरान कई सफल अभियानों का नेतृत्व किया। उन्होंने कांचीपुरम के पास लड़ी गई लड़ाई में चोल राजा कुलोत्तुंग तृतीय को हराया और चोल साम्राज्य के कुछ हिस्सों पर कब्जा कर लिया। उन्होंने वारंगल के पास लड़ी गई लड़ाई में होयसल राजा वीर बल्लाला द्वितीय को भी हराया। रुद्र देव की सैन्य जीत ने काकतीय साम्राज्य के क्षेत्र का विस्तार किया और दक्षिण भारत में अपनी शक्ति को मजबूत किया।

हालाँकि, गोदावरी नदी के पास लड़ी गई लड़ाई में, यादव राजा, सिंघाना के हाथों रुद्र देव को एक बड़ी हार का सामना करना पड़ा। सिंघाना दक्कन क्षेत्र का एक शक्तिशाली शासक था और अपनी सैन्य शक्ति के लिए जाना जाता था। रुद्र देव की हार ने दक्कन क्षेत्र पर काकतीय साम्राज्य की पकड़ कमजोर कर दी।

सामाजिक कार्य

रुद्र देव कला और साहित्य के संरक्षक थे। उन्होंने तेलुगु साहित्य के विकास को प्रोत्साहित किया। उन्होंने टिक्काना और नन्नया सहित कई कवियों और विद्वानों का समर्थन किया, जिन्हें तेलुगु साहित्य का अग्रणी माना जाता है। रुद्र देव के कला और साहित्य के संरक्षण ने साहित्यिक भाषा के रूप में तेलुगु के विकास में योगदान दिया।

उपलब्धियाँ

रुद्र देव के शासनकाल को सैन्य विस्तार और सांस्कृतिक विकास द्वारा चिह्नित किया गया था। उन्होंने कई जीत के लिए अपनी सेना का नेतृत्व किया और आंध्र के तटीय क्षेत्र और तमिलनाडु के कुछ हिस्सों सहित कई पड़ोसी क्षेत्रों पर कब्जा कर लिया। रुद्र देव के कला और साहित्य के संरक्षण ने तेलुगु साहित्य के विकास में योगदान दिया और इसे एक साहित्यिक भाषा के रूप में स्थापित किया।

रुद्र देव काकतीय वंश के एक शक्तिशाली शासक थे। उन्हें उनकी सैन्य जीत और कला व साहित्य के संरक्षण के लिए याद किया जाता है। उनके शासनकाल में काकतीय साम्राज्य के क्षेत्र का विस्तार और दक्षिणी भारत में इसकी शक्ति का समेकन देखा गया। रुद्र देव के कला और साहित्य के संरक्षण ने तेलुगु साहित्य के विकास में योगदान दिया और इसे एक साहित्यिक भाषा के रूप में स्थापित किया।

□

40

समुद्रगुप्त

समुद्रगुप्त एक भारतीय सम्राट थे जिन्होंने 335 से 375 ई. तक गुप्त वंश पर शासन किया था। उन्हें व्यापक रूप से भारतीय इतिहास में सबसे महान् सम्राटों में से एक माना जाता है, जो अपनी सैन्य विजय और सांस्कृतिक संरक्षण के लिए जाने जाते हैं। उनके शासनकाल को अकसर गुप्त साम्राज्य के स्वर्णयुग के रूप में जाना जाता है।

जन्म और प्रारंभिक जीवन

समुद्रगुप्त का जन्म गुप्त सम्राट चंद्रगुप्त प्रथम और उनकी रानी कुमारदेवी के यहाँ हुआ। वे गुप्त वंश के तीसरे शासक थे, जो अपने पिता चंद्रगुप्त प्रथम के उत्तराधिकारी थे। उनके प्रारंभिक जीवन के बारे में बहुत कम जानकारी है, लेकिन उन्हें छोटी उम्र से ही सैन्य रणनीति और प्रशासन में प्रशिक्षित किया गया था।

शासनकाल और सैन्य विजय

समुद्रगुप्त 335 ई. में 20 वर्ष की आयु में सिंहासन पर बैठे। अपने शासनकाल के दौरान उन्होंने सैन्य विजय की एक श्रृंखला शुरू की जिसने गुप्त साम्राज्य को अपनी सबसे बड़ी सीमा तक विस्तारित किया। उन्होंने मगध, कोसल और कलिंग राज्यों के खिलाफ युद्ध छेड़े और उत्तर भारत में गुप्त साम्राज्य को प्रमुख शक्ति के रूप में स्थापित किया।

समुद्रगुप्त के सबसे प्रसिद्ध सैन्य अभियानों में से एक दक्षिण भारतीय राज्यों पर उसका आक्रमण था, जिसने लंबे समय तक गुप्त साम्राज्य के विस्तार का विरोध किया था। उन्होंने दक्षिण भारत के शासकों को हराया और सातवाहन साम्राज्य,

पल्लव साम्राज्य और चोल साम्राज्य सहित उनके क्षेत्रों पर कब्जा कर लिया। इन्होंने गुप्त साम्राज्य को अपनी सबसे बड़ी सीमा तक पहुँचाया, जो हिमालय से भारत के दक्षिणी सिरे तक फैला हुआ था।

सांस्कृतिक संरक्षण

समुद्रगुप्त न केवल एक महान् सैन्य विजेता थे बल्कि कला और साहित्य के संरक्षक भी थे। उन्होंने संस्कृत साहित्य और कविता के विकास का समर्थन किया। उनका दरबार कई विद्वानों और कवियों का घर था। प्रसिद्ध कवि और नाटककार कालिदास उनके शासनकाल के दौरान फले-फूले और उन्होंने अपना काम सम्राट को समर्पित किया।

समुद्रगुप्त एक महान् निर्माता भी थे और उनके शासनकाल में कई शानदार मंदिरों और स्मारकों का निर्माण किया गया था। इनमें से सबसे प्रसिद्ध दिल्ली (कुतुब मीनार परिसर) में लौह स्तंभ है, जो आज भी खड़ा है और इसे प्राचीन भारतीय इंजीनियरिंग की उत्कृष्ट कृति माना जाता है।

मृत्यु और विरासत

समुद्रगुप्त की मृत्यु 375 ई. में 60 वर्ष की आयु में हुई। उनके उत्तराधिकारी उनके पुत्र चंद्रगुप्त द्वितीय थे, जिन्होंने गुप्त साम्राज्य की विरासत को सँजोए रखा। समुद्रगुप्त को भारतीय इतिहास में सबसे महान् सम्राटों में से एक के रूप में याद किया जाता है, जो अपने सैन्य कौशल, सांस्कृतिक संरक्षण और राजनीतिक कौशल के लिए जाने जाते हैं। उनके शासनकाल ने गुप्त साम्राज्य की शक्ति और प्रभाव के शिखर को चिह्नित किया और इसे भारतीय सभ्यता में एक उच्च बिंदु माना जाता है।

□

41
सवाई जयसिंह द्वितीय

सवाई जयसिंह द्वितीय कछवाहा वंश के एक राजपूत राजा थे, जिन्होंने सन् 1699 से सन् 1743 तक शासन किया था। वे एक शानदार गणितज्ञ और खगोलशास्त्री थे, जो खगोल विज्ञान के क्षेत्र में अपने योगदान के लिए जाने जाते हैं। उन्होंने जयपुर में प्रसिद्ध जंतर-मंतर सहित कई वेधशालाओं का निर्माण कराया, जो आज भी उपयोग में हैं। सवाई जयसिंह द्वितीय एक सफल शासक भी थे जिन्होंने अपने राज्य का विस्तार किया और विभिन्न सामाजिक व आर्थिक सुधारों के माध्यम से अपनी प्रजा के जीवन में सुधार किया।

जन्म और पितृत्व

सवाई जयसिंह द्वितीय का जन्म 3 नवंबर, 1681 को राजस्थान के आमेर में महाराजा बिशन सिंह और उनकी पत्नी रानी चंद्र कंवर के घर हुआ। जब वह छोटे थे, तब उसके पिता की मृत्यु हो गई और उसकी माँ ने उसका पालन-पोषण किया।

शासन

सवाई जय सिंह द्वितीय अपने पिता की मृत्यु के बाद 11 वर्ष की आयु में सिंहासन पर बैठे। उनकी उम्र तक उनकी माँ ने रीजेंट के रूप में काम किया। अपने शासनकाल के दौरान उन्होंने कई लड़ाइयाँ लड़ीं और पड़ोसी राज्यों पर कब्जा करके अपने राज्य का विस्तार किया। उन्होंने कृषि व वाणिज्य में भी महत्त्वपूर्ण सुधार किए और विभिन्न सामाजिक-आर्थिक सुधारों की शुरुआत की।

युद्ध, विजय और पराजय

सवाई जयसिंह द्वितीय एक सफल योद्धा थे और उन्होंने अपनी सेना को कई जीत दिलाईं। उन्होंने सन् 1730 में बगरू की लड़ाई सहित कई लड़ाइयों में मराठों को हराया। उन्होंने मुगलों और अफगानों को भी हराया और अपने राज्य का विस्तार करते हुए वर्तमान मध्य प्रदेश, हरियाणा और उत्तर प्रदेश के कुछ हिस्सों को शामिल किया।

सामाजिक कार्य

सवाई जयसिंह द्वितीय एक दूरदर्शी शासक थे, जो अपनी प्रजा के कल्याण में रुचि रखते थे। उन्होंने महिलाओं और गरीबों की स्थिति में सुधार के उपायों सहित कई सामाजिक सुधार पेश किए। उन्होंने सती प्रथा को समाप्त कर दिया, जिसके लिए एक विधवा को अपने पति की चिता पर आत्मदाह करना पड़ता था। उन्होंने शिक्षा को भी प्रोत्साहित किया और अपने पूरे राज्य में स्कूलों और कॉलेजों का निर्माण कराया।

उपलब्धियाँ

सवाई जयसिंह द्वितीय को खगोल विज्ञान के क्षेत्र में उनके योगदान के लिए जाना जाता है। उन्होंने जयपुर में जंतर-मंतर सहित कई वेधशालाओं का निर्माण कराया, जो आज भी उपयोग में हैं। जंतर-मंतर में खगोलीय उपकरणों की एक श्रृंखला है जिनका उपयोग समय को मापने, आकाशीय पिंडों की गति को ट्रैक करने और ग्रहण की भविष्यवाणी करने के लिए किया जा सकता है। सवाई जयसिंह द्वितीय एक शानदार गणितज्ञ और खगोलशास्त्री थे। उन्होंने इन उपकरणों को बनाने और सटीक खगोलीय अवलोकन करने के लिए अपने ज्ञान का उपयोग किया।

सवाई जयसिंह द्वितीय एक सफल शासक थे जिन्होंने अपने राज्य का विस्तार किया और विभिन्न सामाजिक-आर्थिक सुधारों के माध्यम से अपनी प्रजा के जीवन में सुधार किया। वह एक शानदार गणितज्ञ और खगोलशास्त्री भी थे, जिन्होंने खगोल विज्ञान के क्षेत्र में महत्त्वपूर्ण योगदान दिया। उनकी विरासत आज भी जंतर-मंतर और उनके द्वारा निर्मित अन्य खगोलीय वेधशालाओं में देखी जा सकती है।

□

42

शाहूजी महाराज

शाहूजी महाराज, जिन्हें छत्रपति शाहूजी महाराज के नाम से भी जाना जाता है, भारत के पाँचवें मराठा सम्राट थे, जिन्होंने सन् 1708 से सन् 1749 तक शासन किया। वे मराठा राजा छत्रपति शिवाजी महाराज के सबसे बड़े पुत्र संभाजी के पुत्र थे। शाहूजी महाराज का जन्म सन् 1682 में महाराष्ट्र, भारत में हुआ। वे मराठा साम्राज्य के एक प्रमुख व्यक्ति थे, जिन्होंने अपने शासनकाल में साम्राज्य की राजनीतिक, आर्थिक और सामाजिक स्थितियों को मजबूत करने के लिए काम किया।

जन्म और प्रारंभिक जीवन

शाहूजी महाराज का जन्म 18 मई, 1682 को सतारा, महाराष्ट्र में हुआ। वे मराठा राजा छत्रपति शिवाजी महाराज के सबसे बड़े पुत्र संभाजी के पुत्र थे। शाहूजी महाराज केवल दो वर्ष के थे जब उनके पिता को मुगल सम्राट औरंगजेब ने मार डाला था। अपने पिता की मृत्यु के बाद शाहूजी महाराज को औरंगजेब ने बंदी बना लिया और 18 साल तक कैद में रखा।

शासनकाल और उपलब्धियाँ

औरंगजेब की मृत्यु के बाद सन् 1707 में शाहूजी महाराज को जेल से रिहा कर दिया गया। सन् 1708 में 26 साल की उम्र में उन्हें पाँचवें मराठा सम्राट के रूप में ताज पहनाया गया। वे एक बुद्धिमान शासक थे और उन्होंने मराठा साम्राज्य को मजबूत करने की दिशा में काम किया। उन्होंने साम्राज्य की आर्थिक, सामाजिक और राजनीतिक स्थितियों में सुधार पर ध्यान केंद्रित किया।

अपने शासनकाल के दौरान शाहूजी महाराज ने मराठा साम्राज्य में एक मजबूत प्रशासन प्रणाली की स्थापना की। उन्होंने सक्षम मंत्रियों, न्यायाधीशों और अधिकारियों को साम्राज्य पर शासन करने में मदद करने के लिए नियुक्त किया। उन्होंने कृषि, व्यापार और वाणिज्य को भी प्रोत्साहित किया, जिससे साम्राज्य की अर्थव्यवस्था को बढ़ावा देने में मदद मिली।

शाहूजी महाराज अपनी धार्मिक सहिष्णुता के लिए जाने जाते थे और सभी धर्मों का सम्मान करते थे। उन्होंने साम्राज्य में शिक्षा और साक्षरता को बढ़ावा देने के लिए कई स्कूलों और विश्वविद्यालयों की भी स्थापना की। वे कला और साहित्य के संरक्षक थे। उनके शासनकाल में कई विद्वानों और लेखकों का उन्नयन हुआ।

शाहूजी महाराज अपने सैन्य अभियानों के लिए भी जाने जाते हैं, जिन्होंने मराठा साम्राज्य के विस्तार में मदद की। उन्होंने सन् 1728 में पालखेड की लड़ाई में मुगल सेना को सफलतापूर्वक हराया। उन्होंने सन् 1730 में पुर्तगालियों के खिलाफ दमनगंगा की लड़ाई भी जीती, जिससे पश्चिमी घाटों पर मराठा नियंत्रण हासिल करने में मदद मिली।

सामाजिक कार्य

शाहूजी महाराज सामाजिक न्याय के संरक्षक थे और निचली जातियों के कल्याण के लिए काम करते थे। उन्होंने अस्पृश्यता की प्रथा को समाप्त कर दिया और सामाजिक समानता को बढ़ावा देने की दिशा में काम किया। उन्होंने महिलाओं के अधिकारों का भी समर्थन किया और समाज में उनकी स्थिति को सुधारने की दिशा में काम किया।

शाहूजी महाराज ने लोगों के कल्याण के लिए कई दान किए और अस्पतालों की स्थापना की। उन्होंने गरीबों और जरूरतमंदों को आर्थिक सहायता भी प्रदान की। लोगों के कल्याण के लिए उनके प्रयासों ने उन्हें जनता के बीच एक लोकप्रिय शासक बना दिया।

मृत्यु और विरासत

शाहूजी महाराज की मृत्यु 15 दिसंबर, 1762 को सतारा, महाराष्ट्र में हुई। उनके बाद उनके पौत्र छत्रपति शाहू तृतीय गद्दी पर बैठे।

शाहूजी महाराज को एक बुद्धिमान शासक, कला, साहित्य और शिक्षा के

संरक्षक के रूप में याद किया जाता है। वे सामाजिक न्याय के भी हिमायती थे और उन्होंने अपनी प्रजा की सामाजिक-आर्थिक स्थितियों को सुधारने की दिशा में काम किया। उनके शासनकाल ने मराठा साम्राज्य में समृद्धि और स्थिरता की अवधि को चिह्नित किया। वे आज भी भारत के इतिहास में एक प्रमुख व्यक्ति के रूप में पूजनीय हैं।

□

43

विक्रमादित्य

विक्रमादित्य, जिन्हें चंद्रगुप्त द्वितीय के नाम से भी जाना जाता है, गुप्त वंश के सबसे सफल शासकों में से एक थे, जिसे भारतीय इतिहास का स्वर्णयुग माना जाता है। उन्होंने 380 से 415 ई. तक शासन किया और अपने शासनकाल के दौरान उन्होंने क्षेत्रीय आकार और सांस्कृतिक प्रभाव दोनों के मामले में गुप्त साम्राज्य का सबसे बड़ी सीमा तक विस्तार किया। वे अपने सैन्य कौशल, प्रशासनिक कौशल और कला एवं विज्ञान के संरक्षण के लिए जाने जाते थे।

जन्म और परिवार

विक्रमादित्य का जन्म उनके पिता समुद्रगुप्त और माता दत्तादेवी के यहाँ हुआ। वे समुद्रगुप्त के दूसरे पुत्र थे, जो गुप्त वंश के एक प्रसिद्ध शासक थे।

शासन

विक्रमादित्य अपने पिता की मृत्यु के बाद 380 ई. में गुप्त साम्राज्य के राजा बने। उन्हें एक विशाल साम्राज्य विरासत में मिला था जिसे उनके पिता ने बनाया था और तुरंत अपनी शक्ति को मजबूत करना शुरू कर दिया था। उन्होंने शक, हूण और मालवा समेत अपने पड़ोसियों के खिलाफ कई सफल सैन्य अभियान चलाए। उन्होंने इस क्षेत्र के अन्य शक्तिशाली राज्यों, जैसे—वाकाटक और कदंब के साथ भी गठजोड़ किया।

विक्रमादित्य के शासन के तहत गुप्त साम्राज्य उत्तर में हिमालय से लेकर दक्षिण में गोदावरी नदी तक फैला हुआ था। उन्हें अपने प्रशासनिक कौशल के लिए

जाना जाता है और उन्हें साम्राज्य की नौकरशाही को सुव्यवस्थित करने और कर संग्रह की अधिक कुशल प्रणाली स्थापित करने का श्रेय दिया जाता है।

उपलब्धियाँ

विक्रमादित्य कला एवं विज्ञान के संरक्षक थे और अपने सीखने के प्यार के लिए जाने जाते थे। उन्होंने प्रसिद्ध नालंदा विश्वविद्यालय सहित कई विश्वविद्यालयों और कॉलेजों की स्थापना की, जो उनके शासनकाल के दौरान दुनिया में शिक्षा के सबसे प्रसिद्ध केंद्रों में से एक बन गया।

वे कला के संरक्षक भी थे और उनके शासनकाल के दौरान गुप्त साम्राज्य ने भारतीय कला और साहित्य का उत्कर्ष देखा। वे खुद एक प्रतिभाशाली कवि और संगीतकार थे और कहा जाता है कि उन्होंने साहित्य की कई पुस्तकों की रचना की हैं।

विक्रमादित्य एक सच्चे हिंदू और ब्राह्मण जाति के संरक्षक थे। उन्होंने कई धार्मिक त्योहारों को प्रायोजित किया और मंदिरों तथा अन्य धार्मिक संस्थानों को उदारपूर्वक दान दिया।

मृत्यु और विरासत

विक्रमादित्य की मृत्यु 415 ई. में हुई, जो एक विशाल और समृद्ध साम्राज्य को पीछे छोड़ गए। उनका उत्तराधिकार उनके पुत्र कुमारगुप्त द्वितीय ने लिया, जिन्होंने कला और विज्ञान के विस्तार एवं संरक्षण की अपने पिता की नीतियों को जारी रखा।

विक्रमादित्य को गुप्त वंश के सबसे सफल और प्रभावशाली शासकों में से एक के रूप में याद किया जाता है। उनके शासनकाल को भारतीय इतिहास का स्वर्ण-युग माना जाता है, जिसकी विशेषता शांति, समृद्धि और सांस्कृतिक उत्कर्ष है। शिक्षा, साहित्य और कला के महान् संरक्षक के रूप में याद किया जाता है और उन्हें गुप्त वंश की सांस्कृतिक और राजनीतिक उपलब्धियों का प्रतीक माना जाता है।

□

44
सिमुक

सिमुक सातवाहन वंश के संस्थापक थे, जो प्राचीन भारत में सबसे शक्तिशाली और लंबे समय तक चलने वाले राजवंशों में से एक था। वे एक कुशल सैन्य नेता और एक सक्षम प्रशासक थे जिन्होंने एक छोटे से राज्य को एक बड़े साम्राज्य में बदल दिया।

जन्म और परिवार

सिमुक का जन्म भारत के वर्तमान महाराष्ट्र राज्य में लगभग 230 ई. हुआ था। वे एक ब्राह्मण परिवार से ताल्लुक रखते थे, जिसे हिंदू समाज में सबसे ऊँची जाति माना जाता था। उनके पिता का नाम शिव स्वामी और माता का नाम कंठकुंडा था।

शासन

मौर्य साम्राज्य को हराने के बाद लगभग 207 ई. में सिमुक सिंहासन पर बैठे। उन्होंने अपनी राजधानी प्रतिष्ठान (वर्तमान पैठण) में स्थापित की, जो उनके साम्राज्य का केंद्र बन गई। अपने शासनकाल के दौरान उन्होंने आंध्र और शक जैसे पड़ोसी राज्यों को हराकर अपने क्षेत्र का विस्तार किया। उन्होंने सेल्यूकस जैसी विदेशी शक्तियों के साथ राजनयिक संबंध भी स्थापित किए।

युद्ध और विजय

सिमुक एक कुशल सैन्य नेता थे और उन्होंने अपने शासनकाल के दौरान कई सफल युद्ध किए। उन्होंने मौर्य साशक को पराजित कर सातवाहन वंश की स्थापना की। उन्होंने आंध्र को भी हराया और उनके क्षेत्र पर कब्जा कर लिया।

उसने शकों के विरुद्ध युद्ध किया और उन्हें पराजित किया, जिससे उसके साम्राज्य का विस्तार हुआ।

सामाजिक कार्य

सिमुक न केवल एक विजेता थे बल्कि कला और संस्कृति के संरक्षक भी थे। उन्होंने साहित्य को बढ़ावा दिया और स्थानीय भाषा में संस्कृत ग्रंथों का अनुवाद कराया। उन्होंने मंदिरों और अन्य धार्मिक भवनों के निर्माण को भी प्रोत्साहित किया। वे अपने परोपकार के लिए जाने जाते थे और गरीबों एवं जरूरतमंदों की मदद करते थे।

उपलब्धियाँ

सिमुक के शासनकाल में सातवाहन वंश की शुरुआत हुई, जो 400 से अधिक वर्षों तक चला। उन्होंने एक छोटे से राज्य को एक बड़े साम्राज्य में बदल दिया और प्रतिष्ठान को अपनी शक्ति के केंद्र के रूप में स्थापित किया। वे एक कुशल प्रशासक थे जिन्होंने कई नीतियों को लागू किया जिनसे उनके साम्राज्य की वृद्धि और विकास में मदद मिली।

सिमुक प्राचीन भारत के सबसे महत्त्वपूर्ण शासकों में से एक थे, जिन्होंने एक छोटे राज्य को एक बड़े साम्राज्य में बदल दिया। वे एक कुशल सैन्य नेता, एक सक्षम प्रशासक व कला और संस्कृति के संरक्षक थे। उनके शासनकाल में सातवाहन वंश की शुरुआत हुई, जो 400 से अधिक वर्षों तक चला और भारतीय इतिहास पर एक अमिट छाप छोड़ी।

□

45

शातकर्णी प्रथम

शातकर्णी प्रथम सातवाहन वंश का शासक था, जिसने दूसरी शताब्दी ई. के दौरान शासन किया था। वे कान्हा के उत्तराधिकारी थे और उनके शासन में सातवाहन साम्राज्य अपने चरमोत्कर्ष पर पहुँच गया था।

जन्म और परिवार

शातकर्णी प्रथम का जन्म 189 ई. के आस-पास भारत के वर्तमान राज्य महाराष्ट्र में हुआ। वे सातवाहन वंश के संस्थापक सिमुक और उनकी पत्नी माल्यवती के पुत्र थे।

शासन

शातकर्णी प्रथम अपने पूर्ववर्ती कान्हा की मृत्यु के बाद सिंहासन पर बैठे। उन्होंने प्रतिष्ठान से शासन किया, जो सातवाहन साम्राज्य की राजधानी थी। शातकर्णी प्रथम का शासनकाल सातवाहनों के इतिहास में सबसे समृद्ध काल में से एक माना जाता है।

युद्ध और विजय

शातकर्णी प्रथम एक कुशल सैन्य नेता थे जिन्होंने अपने शासनकाल के दौरान कई सफल युद्ध लड़े। उन्होंने शकों और यवनों को, जो विदेशी शक्तियाँ थीं, पराजित किया और अपने साम्राज्य का और विस्तार किया। उन्होंने कलिंग शासन को भी पराजित किया और उनके क्षेत्र पर कब्जा कर लिया। शातकर्णी प्रथम ने अपने साम्राज्य के भीतर शांति एवं स्थिरता बनाए रखी और यह सुनिश्चित किया कि उनकी प्रजा बाहरी खतरों से सुरक्षित रहे।

सामाजिक कार्य

शातकर्णी प्रथम कला और संस्कृति के संरक्षक थे। उन्होंने साहित्य, संगीत और नृत्य के विकास को प्रोत्साहित किया। उन्होंने मंदिरों और अन्य धार्मिक भवनों के निर्माण का भी समर्थन किया। शातकर्णी प्रथम को उनकी उदारता, गरीबों और जरूरतमंदों की मदद करने के लिए जाना जाता था।

उपलब्धियाँ

शातकर्णी प्रथम के शासनकाल ने सातवाहन साम्राज्य की ऊँचाई को चिह्नित किया, जो प्राचीन भारत में सबसे शक्तिशाली राजवंशों में से एक बन गया। उन्होंने अपने सैन्य अभियानों के माध्यम से साम्राज्य का विस्तार किया और विदेशी शक्तियों के साथ राजनयिक संबंध स्थापित किए। शातकर्णी प्रथम एक कुशल प्रशासक थे जिन्होंने कई नीतियों को लागू किया जिससे उनके साम्राज्य की वृद्धि और विकास में मदद मिली। उसने साम्राज्य में कई सिक्के और शिलालेख चलाए।

शातकर्णी प्रथम सातवाहन वंश के सबसे महत्त्वपूर्ण शासकों में से एक थे। उन्होंने अपने सैन्य अभियानों के माध्यम से साम्राज्य का विस्तार किया और विदेशी शक्तियों के साथ राजनयिक संबंध स्थापित किए। शातकर्णी प्रथम कला और संस्कृति के संरक्षक थे और गरीबों। वे जरूरतमंदों की मदद करते थे। उनके शासनकाल ने सातवाहन साम्राज्य की ऊँचाई को चिह्नित किया, जो प्राचीन भारत में सबसे शक्तिशाली राजवंशों में से एक बन गया। शातकर्णी प्रथम एक कुशल प्रशासक थे जिन्होंने कई नीतियों को लागू किया जिनसे उनके साम्राज्य की वृद्धि और विकास में मदद मिली।

□

46

विजयालय चोल

विजयालय चोल एक प्रसिद्ध राजा थे जिन्होंने 9वीं शताब्दी ई. के दौरान चोल राजवंश पर शासन किया था। उन्हें दक्षिण भारत में चोल साम्राज्य को एक प्रमुख शक्ति के रूप में स्थापित करने का श्रेय दिया जाता है। विजयालय चोल को चोल वंश के सबसे महान् राजाओं में से एक माना जाता है और उनके शासनकाल को कई सैन्य अभियानों तथा महत्त्वपूर्ण उपलब्धियों से चिह्नित किया गया था।

जन्म और परिवार

विजयालय चोल का जन्म 848 ई. में कोडुंबलुर शहर में हुआ था, जो वर्तमान भारत के तमिलनाडु राज्य में स्थित है। उनका जन्म किसानों के परिवार में हुआ था। उनके शुरुआती जीवन के बारे में ज्यादा जानकारी नहीं है। उनके माता-पिता मलयम्मन और कुईलाल थे। उनके पिता एक स्थानीय मुखिया थे।

शासन

पल्लवों को पराजित करने और चोल साम्राज्य की स्थापना करने के बाद विजयालय चोल 850 ई. में सिंहासन पर बैठे। उन्होंने 41 वर्षों तक शासन किया, जब तक कि उनकी मृत्यु 891 ई. में नहीं हुई। विजयालय चोल के शासनकाल को कई सैन्य अभियानों, महत्त्वपूर्ण उपलब्धियों और दक्षिण भारत में एक प्रमुख शक्ति के रूप में चोल साम्राज्य के संस्थापक के रूप में चिह्नित किया गया है।

युद्ध और विजय

विजयालय चोल एक कुशल सैन्य नेता थे और उन्होंने अपने शासनकाल के दौरान कई सैन्य अभियानों में भाग लिया। उन्होंने पल्लवों, पांड्यों और चेरों को सफलतापूर्वक हराया, जो दक्षिण भारत में प्रतिद्वंद्वी राज्य थे। उन्होंने श्रीलंका और मालदीव के कुछ हिस्सों पर भी विजय प्राप्त की। विजयालय चोल के सैन्य अभियानों ने चोल साम्राज्य को दक्षिण भारत में एक प्रमुख शक्ति के रूप में स्थापित करने में मदद की।

सामाजिक कार्य

विजयालय चोल कला और साहित्य के संरक्षक थे। उन्होंने कई मंदिरों के निर्माण को प्रायोजित किया। वे अपनी उदारता और परोपकार के लिए जाने जाते थे। उन्होंने प्रशासनिक व्यवस्था में कई सुधार भी किए, जिससे चोल साम्राज्य के शासन को मजबूत करने में मदद मिली।

उपलब्धियाँ

विजयालय चोल को दक्षिण भारत में चोल साम्राज्य को एक प्रमुख शक्ति के रूप में स्थापित करने का श्रेय दिया जाता है। उन्होंने प्रतिद्वंद्वी राज्यों को सफलतापूर्वक पराजित किया और चोल साम्राज्य के क्षेत्र का विस्तार किया। उन्हें अपने प्रशासनिक कौशल के लिए भी जाना जाता था और उन्होंने कई सुधारों की शुरुआत की जिससे चोल साम्राज्य के शासन को मजबूत करने में मदद मिली। विजयालय चोल के शासनकाल ने चोल वंश में सांस्कृतिक और कलात्मक विकास की अवधि को चिह्नित किया। वह कला और साहित्य के संरक्षक थे।

विजयालय चोल चोल वंश के महानतम राजाओं में से एक थे। उन्होंने दक्षिण भारत में चोल साम्राज्य को एक प्रमुख शक्ति के रूप में सफलतापूर्वक स्थापित किया। उनके सैन्य अभियानों ने राज्य के क्षेत्र का विस्तार करने में मदद की। वे कला और साहित्य के संरक्षक भी थे और उन्होंने कई प्रशासनिक सुधारों की शुरुआत की जिससे चोल साम्राज्य के शासन को मजबूत करने में मदद मिली। विजयालय चोल के शासनकाल ने चोल वंश में सांस्कृतिक और कलात्मक विकास की अवधि को चिह्नित किया और उनके योगदान ने राजवंश को दक्षिण भारत में सबसे महत्त्वपूर्ण राजवंश के रूप में स्थापित करने में मदद की।

□

47
गंदारादित्य

गंदारादित्य पूर्वी गंग राजवंश के एक शक्तिशाली राजा थे, जिन्होंने छठी और 16वीं शताब्दी ई. के बीच वर्तमान भारत के कुछ हिस्सों पर शासन किया था। गंदारादित्य देवेंद्रवर्मन द्वितीय के पुत्र थे, जिन्होंने अपने पिता चोडगंग देव को राजवंश के शासक के रूप में उत्तराधिकारी बनाया था। गंदारादित्य के शासनकाल को सापेक्ष स्थिरता और समृद्धि की अवधि के रूप में चिह्नित किया गया है और उन्हें पूर्वी गंग वंश के सबसे सक्षम शासकों में से एक के रूप में याद किया जाता है।

जन्म और पितृत्व

गंदारादित्य का जन्म पूर्वी गंग राजवंश में हुआ, जिसकी राजधानी कलिंगनगर (वर्तमान ओडिशा) में थी। उनके पिता, देवेंद्रवर्मन द्वितीय, एक सफल शासक थे जिन्होंने राजवंश के क्षेत्रों का विस्तार किया था और कला एवं संस्कृति का संरक्षण किया था।

शासन और युद्ध

गंदारादित्य 950 ई. में पूर्वी गंग राजवंश के राजा के रूप में अपने पिता के उत्तराधिकारी बने। उनके शासनकाल को सापेक्ष शांति और स्थिरता द्वारा चिह्नित किया गया था। उनके शासन के दौरान कोई बड़ा युद्ध या आक्रमण नहीं हुआ था। हालाँकि, उन्हें कुछ आंतरिक चुनौतियों का सामना करना पड़ा, जिनमें उनके कुछ जागीरदारों द्वारा विद्रोह भी शामिल था, जिसे वह कूटनीतिक और सैन्य माध्यमों से कम करने में सक्षम थे।

गंदारादित्य एक धर्मनिष्ठ हिंदू और कला एवं साहित्य के संरक्षक थे। उन्होंने कई मंदिरों के निर्माण को प्रायोजित किया और संस्कृत तथा उड़िया साहित्य के विकास को प्रोत्साहित किया। वे नृत्य और संगीत के भी एक महान् संरक्षक थे और उनका दरबार अपनी सांस्कृतिक गतिविधियों के लिए प्रसिद्ध था।

उपलब्धियाँ और सामाजिक कार्य

गंदारादित्य के शासनकाल के दौरान पूर्वी गंग वंश अपनी शक्ति और समृद्धि की ऊँचाई पर पहुँच गया। उन्होंने वर्तमान आंध्र प्रदेश और तेलंगाना के कुछ हिस्सों को शामिल करने के लिए अपने क्षेत्रों का विस्तार किया और राजा के रूप में चोल और राष्ट्रकूट जैसे पड़ोसी राज्यों के साथ मैत्रीपूर्ण संबंध बनाए रखा।

गंदारादित्य हिंदू धर्म के एक महान् संरक्षक थे और उन्होंने अपने राज्य में वैष्णववाद के विकास को प्रोत्साहित किया। उन्होंने पुरी में जगन्नाथ मंदिर सहित कई महत्त्वपूर्ण मंदिरों के निर्माण को प्रायोजित किया, जो अभी भी भारत के सबसे महत्त्वपूर्ण तीर्थस्थलों में से एक है।

मृत्यु

गंक्षरादित्य की मृत्यु 957 ई. में हुई और उनका उत्तराधिकार उनके पुत्र राजराजा देव ने ले लिया। अपने अपेक्षाकृत छोटे शासनकाल के बावजूद गंदारादित्य को पूर्वी गंग वंश के सबसे सक्षम शासकों में से एक के रूप में याद किया जाता है। उनके शासनकाल ने शांति और समृद्धि की अवधि को चिंहित किया और कला एवं संस्कृति के उनके संरक्षण ने राज्य की सांस्कृतिक विरासत को समृद्ध करने में मदद की। गंदारादित्य की विरासत उनकी मृत्यु के लंबे समय बाद भी बरकरार रही, और उनकी उपलब्धियाँ पूर्वी गंग राजवंश के इतिहास का एक महत्त्वपूर्ण हिस्सा बनी हुई हैं।

□

48

वीर पंड्या

वीर पंड्या पांड्य वंश के एक शक्तिशाली राजा थे जिन्होंने 11वीं शताब्दी ई. में शासन किया था। वे अपनी सैन्य विजय और पांड्य साम्राज्य को पुनरूज्जीवित करने और मजबूत करने के अपने प्रयासों के लिए जाने जाते थे।

जन्म और प्रारंभिक जीवन

वीर पंड्या का जन्म 1047 ई. के आस-पास उनके पूर्ववर्ती राजा अमरभुजंग पंड्या के पुत्र के रूप में हुआ था। उन्हें छोटी उम्र से ही युद्ध-कला और प्रशासन की कला में प्रशिक्षित किया गया था। उनके पिता ने सुनिश्चित किया कि वे राज्य सँभालने के लिए अच्छी तरह से तैयार थे।

शासन

वीर पंड्या अपने पिता की मृत्यु के बाद 1047 ई. में सिंहासन पर बैठे। वे एक मजबूत और सक्षम शासक थे जिन्होंने अपने राज्य को मजबूत करने के लिए अथक परिश्रम किया। उन्होंने अपने पड़ोसी राज्यों के खिलाफ युद्ध छेड़े और अपने क्षेत्रों का काफी विस्तार किया।

युद्ध और विजय

वीर पंड्या का सबसे महत्त्वपूर्ण सैन्य अभियान चोल और चेर साम्राज्यों के खिलाफ था। उन्होंने उन्हें सफलतापूर्वक हरा दिया और कई क्षेत्रों को अपने नियंत्रण में ले लिया। उन्होंने कोंगुनाडु के क्षेत्र को भी जीत लिया और इसे अपने राज्य का हिस्सा बना लिया।

वीर पंड्या अपने नौसैनिक अभियानों के लिए भी जाने जाते थे और उन्होंने एक शक्तिशाली नौसेना बनाए रखी जिससे उन्हें भारत के दक्षिणी तट में अपने क्षेत्रों का विस्तार करने में मदद मिली। उन्होंने उन अरब व्यापारियों को पराजित किया जिन्होंने मालाबार तट के बंदरगाहों में खुद को स्थापित कर लिया था और उन्हें धन देने के लिए मजबूर किया।

सामाजिक कार्य

वीर पंड्या कला और साहित्य के संरक्षक थे और उन्होंने अपने शासनकाल के दौरान तमिल साहित्य के विकास को प्रोत्साहित किया। उन्होंने कई मंदिरों का भी निर्माण किया और उन्हें उदारतापूर्वक दान दिया।

उपलब्धियाँ

वीर पंड्या के शासनकाल को पांड्य साम्राज्य के लिए स्थिरता और समृद्धि की अवधि के रूप में जाना जाता है। वे अपने राज्य के प्रशासन को मजबूत करने में सफल रहे और अपने पूरे शासनकाल में शांति एवं व्यवस्था बनाए रखा। उनकी विजयों ने राज्य की सीमाओं का काफी विस्तार किया और उनकी नौसेना ने उन्हें हिंद महासागर में एक दुर्जेय शक्ति बना दिया।

वीर पंड्या की मृत्यु 1064 ई. में हुई, जो एक शक्तिशाली और समृद्ध राज्य को पीछे छोड़ गए। उनके शासनकाल ने पांड्य वंश के पुनरुद्धार और विकास की अवधि को चिह्नित किया। उन्हें पांड्य वंश के महानतम राजाओं में से एक के रूप में याद किया जाता है।

□

49
दंतिदुर्ग

दंतिदुर्ग राष्ट्रकूट वंश के एक प्रमुख शासक थे जिन्होंने 735 से 756 ई. तक शासन किया। वे राष्ट्रकूट साम्राज्य के संस्थापक थे। उन्होंने इसके विस्तार और समेकन में महत्त्वपूर्ण भूमिका निभाई। वे अपने सैन्य कौशल और सामरिक कौशल के लिए जाने जाते थे, जिसने उन्होंने कई क्षेत्रों को जीतने और भारत में एक मजबूत साम्राज्य स्थापित करने में सक्षम बनाया। दंतिदुर्ग को राष्ट्रकूट वंश के सबसे महत्त्वपूर्ण शासकों में से एक माना जाता है। उन्हें एक महान् योद्धा और विजेता के रूप में याद किया जाता है।

जन्म और परिवार

दंतिदुर्ग का जन्म राष्ट्रकूटों के एक शाही परिवार में हुआ था। उनके जन्म की सही तारीख ज्ञात नहीं है, लेकिन माना जाता है कि उनका जन्म 8वीं शताब्दी ई. पू. में हुआ था। वह इंद्र तृतीय के पुत्र थे, जो उस समय राष्ट्रकूट साम्राज्य के शासक थे। दंतिदुर्ग के परिवार के शासन का एक लंबा इतिहास रहा है और उन्हें छोटी उम्र से ही युद्ध और प्रशासन में प्रशिक्षित किया गया था।

शासन और विजय

दंतिदुर्ग 735 ई. में अपने चाचा कीर्तिवर्मन द्वितीय, जो उस समय शासक थे, को उखाड़ फेंकने के बाद सत्ता में आए। नए राजा के रूप में अपनी स्थिति को मजबूत करने के बाद दंतिदुर्ग ने अपने राज्य के क्षेत्र का विस्तार करने के लिए कई सैन्य अभियानों की शुरुआत की। उसने सबसे पहले मालवा और गुजरात के राज्यों पर विजय प्राप्त की, जिन पर क्रमशः गुर्जर और मैत्रकों का शासन था।

अपनी प्रारंभिक विजय के बाद दंतिदुर्ग ने उत्तरी राज्यों पर अपना आधिपत्य स्थापित किया, जिन पर चालुक्यों और प्रतिहारों का शासन था। उन्होंने चालुक्य राजा विक्रमादित्य द्वितीय को युद्ध में पराजित किया और उसके राज्य पर कब्जा कर लिया। इसके बाद उन्होंने प्रतिहार साम्राज्य को जीत लिया और उत्तरी भारत के अधिकांश हिस्सों पर अपना नियंत्रण स्थापित कर लिया। उनकी विजयों ने उन्हें अपार धन और शक्ति प्रदान की। वे उस समय भारत के सबसे शक्तिशाली शासकों में से एक बन गए।

अपने सैन्य अभियानों के अलावा दंतिदुर्ग कला और विज्ञान के संरक्षक भी थे। वे भगवान शिव के बहुत बड़े भक्त थे और उन्होंने उनके सम्मान में कई मंदिरों का निर्माण कराया। उन्होंने कई विद्वानों और कलाकारों को भी संरक्षण दिया। उनका दरबार अपनी संस्कृति और परिष्कार के लिए जाना जाता था।

मृत्यु और विरासत

दंतिदुर्ग ने 21 वर्षों तक शासन किया और 756 ई. में उसकी मृत्यु हो गई। उनकी मृत्यु के बाद उत्तराधिकार के लिए संघर्ष हुआ और उनका साम्राज्य कई छोटे राज्यों में विभाजित हो गया। हालाँकि, उनकी विरासत जारी रही और उनकी विजय ने राष्ट्रकूट साम्राज्य की नींव रखी, जो भारत के इतिहास में सबसे शक्तिशाली साम्राज्यों में से एक बन गया।

दंतिदुर्ग को एक महान् विजेता और कला व संस्कृति के संरक्षक के रूप में याद किया जाता है। उनके सैन्य अभियानों और विजयों ने राष्ट्रकूट साम्राज्य को भारत में एक प्रमुख शक्ति के रूप में स्थापित किया और कला एवं विज्ञान के उनके संरक्षण ने उनके शासनकाल के दौरान संस्कृति और शिक्षा के विकास में योगदान दिया। उन्हें राष्ट्रकूट वंश के सबसे महत्त्वपूर्ण शासकों में से एक के रूप में याद किया जाता है और उनकी विरासत आज भी भारतीयों की पीढ़ियों को प्रेरित करती है।

□

50
अमोघवर्ष

अमोघवर्ष राष्ट्रकूट राजवंश के एक प्रसिद्ध सम्राट थे, जिन्होंने छठी शताब्दी से 10वीं शताब्दी तक आधुनिक भारत के कुछ हिस्सों पर शासन किया था। वे राजा गोविंद तृतीय के पुत्र थे और अपने पिता की मृत्यु के बाद 16 वर्ष की आयु में 814 ई. में सिंहासन पर बैठे। वे अपनी सैन्य विजय, राजनीतिक उपलब्धियों और कला एवं साहित्य के संरक्षण के लिए जाने जाते हैं। अमोघवर्ष को उनकी धार्मिक सहिष्णुता और जैन धर्म में उनके योगदान के लिए भी जाना जाता है।

जन्म और परिवार

अमोघवर्ष का जन्म 814 ई. में मान्यखेत शहर में हुआ था, जो भारत में वर्तमान कर्नाटक राज्य में स्थित है। वे राजा गोविंद तृतीय और उनकी रानी रेवाकनिम्मदी के पुत्र थे। वे अपने बड़े भाइयों आदित्यवर्मन और विष्णुवर्धन के बाद सिंहासन के लिए तीसरे स्थान पर थे, दोनों की मृत्यु उनके पिता के सफल होने से पहले हो गई थी।

शासन

अमोघवर्ष का शासनकाल 64 वर्षों तक चला—814 ई. से 878 ई. तक। अपने शासनकाल के दौरान उन्होंने दक्षिणी डेक्कन, मालवा और तमिल देश के कुछ हिस्सों पर विजय प्राप्त करते हुए राष्ट्रकूट साम्राज्य का विस्तार किया। वे एक कुशल सैन्य रणनीतिकार थे और कई सफल अभियानों में अपनी सेना का नेतृत्व किया।

उपलब्धियाँ

अमोघवर्ष कला और साहित्य के महान् संरक्षक थे। वे स्वयं एक कवि और विद्वान थे। उन्होंने अपने शासनकाल के दौरान कई अन्य कवियों और विद्वानों का समर्थन किया। उन्होंने प्रसिद्ध कन्नड़ कृति 'कविराजमार्ग' का लेखन भी शुरू किया, जो कन्नड़ कविता और साहित्य के लिए एक मार्गदर्शक है।

अमोघवर्ष जैन धर्म के एक महान् संरक्षक थे। उन्होंने इसके विकास में कई योगदान दिए। उन्होंने कई जैन मंदिरों का निर्माण करवाया और जैन विद्वानों और भिक्षुओं का समर्थन किया। यह भी कहा जाता है कि अपने जीवनकाल के अंत में उन्होंने जैन धर्म अपना लिया था।

अमोघवर्ष अपने प्रशासनिक सुधारों और कुशल शासन के लिए जाने जाते थे। उन्होंने सिंचाई प्रणाली के निर्माण, कृषि के विकास और व्यापार मार्गों की स्थापना सहित अपने लोगों की आर्थिक और सामाजिक स्थितियों में सुधार के लिए कई योजनाओं की शुरुआत की।

अमोघवर्ष एक महान् सम्राट और शासक थे, जिन्हें उनकी सैन्य विजय, कला और साहित्य के संरक्षण और जैन धर्म में उनके योगदान के लिए याद किया जाता है। उनके शासनकाल को महान् समृद्धि और विकास द्वारा चिह्नित किया गया था, और उन्हें राष्ट्रकूट वंश के सबसे महान् शासकों में से एक माना जाता है। उनकी विरासत आज भी आधुनिक भारत में उल्लेखनीय है और उन्हें शक्ति, प्रगति व सांस्कृतिक संरक्षण के प्रतीक के रूप में याद किया जाता है।

□

51
वीर बल्लाला प्रथम

वीर बल्लाला प्रथम होयसल साम्राज्य के एक प्रमुख राजा थे जिन्होंने 1108 ई. से 1152 ई. तक शासन किया था। उन्हें होयसल राजवंश के सबसे शक्तिशाली राजाओं में से एक माना जाता है। उन्हें उनकी सैन्य विजय और स्थापत्य संरक्षण के लिए जाना जाता है। उनके शासनकाल में होयसल साम्राज्य का महत्त्वपूर्ण विकास और विस्तार हुआ। उन्हें एक न्यायप्रिय और परोपकारी शासक के रूप में याद किया जाता है।

जन्म और प्रारंभिक जीवन

वीर बल्लाला प्रथम का जन्म 1121 ई. में राजा विष्णुवर्धन और रानी शांतालादेवी के पुत्र के रूप में हुआ था। उनके पिता विष्णुवर्धन एक शक्तिशाली राजा थे जिन्होंने होयसल साम्राज्य की स्थापना की थी। उन्हें सैन्य विजय, कला और वास्तुकला के संरक्षण के लिए जाना जाता था। वीर बल्लाला प्रथम शाही दरबार में पले-बढ़े और विभिन्न कलाओं और विज्ञानों में प्रशिक्षित हुए।

शासन और विजय

वीर बल्लाला 1108 ई. में 16 वर्ष की आयु में अपने पिता विष्णुवर्धन की मृत्यु के बाद सिंहासन पर बैठे। उन्हें एक मजबूत और समृद्ध साम्राज्य विरासत में मिला और उन्होंने अपने पिता की सैन्य विजय, कला और वास्तुकला के संरक्षण की विरासत को सँजोए रखा। उनके शासनकाल के दौरान होयसल साम्राज्य का काफी विस्तार हुआ और उन्होंने कई पड़ोसी राज्यों पर विजय प्राप्त की।

वीर बल्लाला प्रथम की सबसे उल्लेखनीय विजय चोलों और चालुक्यों के खिलाफ थी। उन्होंने तलाकड की लड़ाई में चोलों को हराया और उन्हें पीछे हटने के लिए मजबूर किया, जिसने दक्षिण भारत में चोल प्रभुत्व के अंत को चिह्नित किया। उन्होंने चालुक्यों को भी पराजित किया और कल्याणी के महत्त्वपूर्ण शहर सहित उनके क्षेत्रों पर कब्जा कर लिया।

वास्तुकला और संरक्षण

वीर बल्लाला प्रथम कला एवं वास्तुकला के एक महान् संरक्षक थे और उन्हें वास्तुकला की होयसल शैली के विकास में उनके योगदान के लिए जाना जाता है। उन्होंने कई उल्लेखनीय मंदिरों और स्मारकों के निर्माण का काम सौंपा, जिनमें बेलूर में चेन्नाकेशव मंदिर और हलेबिदु में होयसलेश्वर मंदिर शामिल हैं।

सामाजिक कार्य और उपलब्धियाँ

वीर बल्लाला प्रथम अपने न्यायपूर्ण और परोपकारी शासन के लिए जाने जाते हैं और अपनी प्रजा के कल्याण के लिए काम करते थे। उन्होंने अपने लोगों के रहने की स्थिति में सुधार के लिए कई पानी की टंकियों, सिंचाई के लिए नहरों और अन्य बुनियादी ढाँचा परियोजनाओं का निर्माण किया। उन्होंने गरीबों और जरूरतमंदों के लाभ के लिए कई अस्पतालों व धर्मार्थ संस्थानों की भी स्थापना की।

वीर बल्लाला प्रथम एक शक्तिशाली और प्रभावशाली राजा थे जिन्होंने होयसल साम्राज्य के विकास और विस्तार में महत्त्वपूर्ण भूमिका निभाई थी। उनकी सैन्य विजय और स्थापत्य संरक्षण को आज भी याद किया जाता है और उन्हें होयसल वंश के महानतम राजाओं में से एक माना जाता है। उनकी विरासत दक्षिण भारत में लोगों को प्रेरित और प्रभावित करती रही है।

□

52

देव राय प्रथम

देव राय प्रथम विजयनगर साम्राज्य के एक प्रमुख शासक थे जिन्होंने 1406 से 1422 ई. तक शासन किया था। वे संगम वंश के तीसरे शासक थे। उन्हें अपनी प्रशासनिक और सैन्य क्षमताओं के लिए जाना जाता था। अपने शासनकाल के दौरान उन्होंने कई सैन्य अभियान चलाए और साम्राज्य के क्षेत्र का विस्तार किया। वे कला और साहित्य के भी संरक्षक थे। उनके समय में कई साहित्यिक कृतियों का निर्माण किया गया था।

जन्म और प्रारंभिक जीवन

देव राय प्रथम का जन्म 1364 ई. में संगम वंश के संस्थापक हरिहर द्वितीय और उनकी रानी नगला देवी के पुत्र के रूप में हुआ। वे बुक्का राय प्रथम के छोटे भाई थे, जिन्होंने उनसे पहले विजयनगर साम्राज्य पर शासन किया था। देव राय प्रथम ने अपनी शिक्षा उस समय के प्रख्यात विद्वानों के मार्गदर्शन में प्राप्त की और उन्हें विभिन्न सैन्य व प्रशासनिक कौशल में प्रशिक्षित किया गया।

शासन

देव राय प्रथम अपने बड़े भाई बुक्का राय प्रथम की मृत्यु के बाद 1406 ई. में सिंहासन पर बैठे। वे एक सक्षम शासक थे और सैन्य अभियानों के माध्यम से साम्राज्य का विस्तार करने पर ध्यान केंद्रित किया। उनका पहला सैन्य अभियान कोंडाविडु के रेड्डी के खिलाफ था, जिसे उन्होंने हराया और विजयनगर साम्राज्य का विस्तार किया। उन्होंने बीजापुर और गोलकुंडा की सल्तनतों के खिलाफ सफल सैन्य अभियान भी चलाए और उनके कई क्षेत्रों पर कब्जा कर लिया।

अपने शासनकाल के दौरान देव राय प्रथम ने कई प्रशासनिक सुधारों को लागू किया। वे अपने न्यायपूर्ण तथा निष्पक्ष शासन के लिए जाने जाते थे। वे कला व साहित्य के भी संरक्षक थे और विभिन्न कलारूपों के विकास को प्रोत्साहित करते थे। वे वैष्णव धर्म के अनुयायी थे और उन्होंने मंदिरों और धार्मिक संस्थानों को दान दिए।

उपलब्धियाँ

देव राय प्रथम की सबसे महत्त्वपूर्ण उपलब्धि उनका सफल सैन्य अभियान था, जिसके कारण विजयनगर साम्राज्य का विस्तार हुआ। वे कला और साहित्य के भी संरक्षक थे। उनके शासनकाल के दौरान कई साहित्यिक कृतियों का निर्माण किया गया था। उन्होंने प्रशासनिक सुधारों को लागू किया। वे अपने न्यायपूर्ण एवं निष्पक्ष शासन के लिए जाने जाते थे।

मृत्यु और विरासत

1422 ई. में देव राय प्रथम की मृत्यु हो गई और उनके उत्तराधिकारी उनके पुत्र रामचंद्र राय बने। देव राय प्रथम का शासनकाल विजयनगर साम्राज्य के लिए महत्त्वपूर्ण वृद्धि और विस्तार का काल था। वे एक सक्षम शासक थे जिन्होंने प्रशासनिक सुधारों को लागू किया, कला व साहित्य के विकास को प्रोत्साहित किया और सफल सैन्य अभियान चलाए।

देव राय प्रथम एक सक्षम शासक थे जिन्होंने सफल सैन्य अभियानों के माध्यम से विजयनगर साम्राज्य के क्षेत्रों का विस्तार किया। वे कला और साहित्य के संरक्षक थे और कई प्रशासनिक सुधार लागू किए। उनकी विरासत लोगों को प्रेरित करती है और उन्हें विजयनगर साम्राज्य के सबसे प्रमुख शासकों में से एक के रूप में याद किया जाता है।

□

53

राजा वोडेयार प्रथम

राजा वोडेयार प्रथम दक्षिण भारत में मैसूर साम्राज्य के शासक थे, जो वोडेयार राजवंश से संबंधित था। वे शासक चामराजा वोडेयार नवम के पुत्र थे और 18 वर्ष की आयु में सन् 1576 में राजा बने। उनके शासनकाल में कई युद्ध और संघर्ष हुए, जिनमें विजयनगर साम्राज्य और बीजापुर सल्तनत के खिलाफ लड़ाई भी शामिल थी। हालाँकि, उन्हें कला एवं संस्कृति के संरक्षण और मैसूर शहर के विकास में उनके योगदान के लिए भी याद किया जाता है।

जन्म और प्रारंभिक जीवन

राजा वोडेयार प्रथम का जन्म सन् 1559 में मैसूर में चामराजा वोडेयार नवम और उनकी रानी देवजम्मनी के यहाँ हुआ था। वे उनके तीन बेटों में सबसे बड़े थे और उनका नाम उनके दादा राजा वोडेयार प्रथम के नाम पर रखा गया था। कम उम्र से ही राजा वोडेयार प्रथम को राज्य की बागडोर संभालने के लिए तैयार किया गया था और उन्हें प्रशासन, सैन्य रणनीति और कूटनीति के विभिन्न पहलुओं में प्रशिक्षित किया गया था।

शासन और युद्ध

राजा वोडेयार प्रथम अपने पिता की मृत्यु के बाद सन् 1576 में मैसूर के राजा बने। हालाँकि, उन्हें पड़ोसी राज्यों से कई चुनौतियों का सामना करना पड़ा और अपनी स्थिति बनाए रखने के लिए उन्हें कई युद्ध लड़ने पड़े। उनकी शुरुआती लड़ाइयों में से एक विजयनगर साम्राज्य के खिलाफ थी, जो तालीकोटा की लड़ाई में उसके शासक आलिया राम राय की हार से कमजोर हो गया था। राजा वोडेयार प्रथम ने अपने राज्य का विस्तार करने का एक अवसर देखा और विजयनगर सेना

पर हमला किया। लड़ाई मैसूर की जीत में समाप्त हुई और राजा वोडेयार प्रथम चित्रदुर्ग तथा शिमोगा सहित कई क्षेत्रों पर कब्जा करने में सक्षम थे।

हालाँकि, बीजापुर सल्तनत, जो दक्कन क्षेत्र में एक शक्तिशाली मुसलिम साम्राज्य था, ने मैसूर को एक संभावित खतरे के रूप में देखा और राज्य पर कई हमले किए। राजा वोडेयार प्रथम इनमें से अधिकांश हमलों को विफल करने में सक्षम थे, लेकिन सन् 1586 में बीजापुर बैंगलोर शहर पर कब्जा करने में सक्षम थे। राजा वोडेयार प्रथम को शहर से भागने के लिए मजबूर किया गया और श्रीरंगपटना में शरण ली, जो मैसूर की नई राजधानी बनी।

राजा वोडेयार प्रथम को अपने ही परिवार के भीतर से भी चुनौतियों का सामना करना पड़ा, क्योंकि उनके छोटे भाइयों ने सिंहासन के लिए संघर्ष किया। सन् 1599 में उनके एक भाई रंगराजा ने उनके खिलाफ विद्रोह कर दिया और मैसूर शहर पर कब्जा करने में सक्षम हो गए। राजा वोडेयार प्रथम को एक बार फिर भागने के लिए मजबूर किया गया, लेकिन वे अपने सहयोगियों से समर्थन जुटाने और जवाबी हमला करने में सक्षम थे। अंतत: विद्रोह को कुचल दिया गया और राजा वोडेयार प्रथम राज्य पर अपना नियंत्रण फिर से स्थापित करने में सक्षम हो गए।

सामाजिक कार्य और उपलब्धियाँ

राजा वोडेयार प्रथम को कला और संस्कृति के संरक्षण के लिए जाना जाता है। उनके शासनकाल के दौरान मैसूर सीखने और रचनात्मकता का केंद्र बन गया। वे संगीत के एक बड़े प्रेमी थे और कहा जाता है कि उन्होंने खुद कई गीत-संगीत की रचना की थी। उन्होंने प्रसिद्ध मैसूर पैलेस सहित कई मंदिरों और सार्वजनिक भवनों के निर्माण को भी प्रोत्साहित किया।

राजा वोडेयार प्रथम को मैसूर शहर के विकास में उनके योगदान के लिए भी याद किया जाता है। उन्होंने शहर के बुनियादी ढाँचे में सुधार किया और व्यापार एवं वाणिज्य को बढ़ावा देने के लिए कई उपाय पेश किए। वे कृषि के संरक्षक भी थे और उन्होंने गन्ने की खेती सहित खेती के कई नवीन तरीकों की शुरुआत की।

राजा वोडेयार प्रथम एक मजबूत और सक्षम शासक थे, जिन्होंने अपने शासनकाल के दौरान कई चुनौतियों का सामना किया।

हालाँकि, वे अपने सैन्य कौशल और कूटनीति के माध्यम से इन चुनौतियों से पार पाने में सक्षम थे।

□

54

कृष्णराज वोडेयार प्रथम

कृष्णराज वोडेयार प्रथम मैसूर साम्राज्य के शासक थे, जिन्होंने सन् 1714 से सन् 1732 तक शासन किया। उनका जन्म सन् 1673 में मैसूर में चिक्का देवराज वोडेयार के पुत्र के रूप में हुआ था। कृष्णराज वोडेयार प्रथम एक प्रगतिशील और बुद्धिमान शासक थे जिन्होंने अपने शासनकाल के दौरान मैसूर के विकास में महत्त्वपूर्ण योगदान दिया।

जन्म और प्रारंभिक जीवन

कृष्णराज वोडेयार प्रथम का जन्म सन् 1673 में मैसूर में हुआ था। वे उस समय मैसूर के शासक चिक्का देवराज वोडेयार के पुत्र थे। उन्हें राजनीति, प्रशासन और युद्ध सहित विभिन्न विषयों में शिक्षित किया गया था।

शासन

अपने पिता की मृत्यु के बाद 1714 में कृष्णराज वोडेयार प्रथम मैसूर के शासक बने। वह एक बुद्धिमान और सक्षम शासक थे जिन्होंने अपने शासनकाल में मैसूर के विकास में कई महत्त्वपूर्ण योगदान दिए। वे कला और साहित्य के संरक्षक थे। उन्होंने मैसूर में कला के विकास को प्रोत्साहित किया। वह एक महान् निर्माता भी थे और उन्होंने कृष्णराज सागर बाँध और मैसूर पैलेस समेत कई महत्त्वपूर्ण संरचनाओं का निर्माण करवाया था।

कृष्णराज वोडेयार प्रथम एक न्यायप्रिय शासक थे जिनका उनकी प्रजा सम्मान करती थी। वह अपनी निष्पक्षता और अपनी प्रजा के कल्याण के लिए जाने जाते थे। उन्होंने अपनी प्रजा के जीवन में सुधार के लिए कई योजनाओं को लागू किया,

जिनमें खाद्यान्न पर करों को समाप्त करना और कृषि में सुधार के लिए सिंचाई प्रणाली का निर्माण शामिल हैं।

उपलब्धियाँ

कृष्णराज वोडेयार प्रथम कला और साहित्य के महान् संरक्षक थे। उन्होंने मैसूर में कला के विकास को प्रोत्साहित किया और कई कलाकारों एवं लेखकों का समर्थन किया। उन्होंने कृष्णराज सागर बाँध और मैसूर पैलेस सहित कई महत्त्वपूर्ण संरचनाओं का भी निर्माण किया।

कृष्णराज वोडेयार प्रथम एक न्यायप्रिय शासक थे जिनका उनकी प्रजा सम्मान करती थी। उन्होंने अपने लोगों के जीवन को बेहतर बनाने के लिए कई सुधारों को लागू किया, जिनमें खाद्यान्न पर करों को समाप्त करना और कृषि में सुधार के लिए सिंचाई प्रणालियों का निर्माण शामिल हैं।

मृत्यु और विरासत

18 साल के शासन के बाद सन् 1732 में कृष्णराज वोडेयार प्रथम की मृत्यु हो गई। उनका उत्तराधिकार उनके पुत्र चामराजा वोडेयार द्वितीय ने लिया। कृष्णराज वोडेयार प्रथम को एक बुद्धिमान और सक्षम शासक के रूप में याद किया जाता है जिन्होंने अपने शासनकाल के दौरान मैसूर के विकास में महत्त्वपूर्ण योगदान दिया। वे कला और साहित्य के संरक्षक, एक महान् निर्माता, एक न्यायप्रिय और न्यायपूर्ण शासक थे, जिसका उसकी प्रजा सम्मान करती थी।

□

55
राजाराम भोंसले

राजाराम भोंसले मराठा सम्राट छत्रपति शिवाजी महाराज और उनकी रानी सोयराबाई के पुत्र थे। उनका जन्म सन् 1670 में रायगढ़, महाराष्ट्र में हुआ था। राजाराम भोंसले ने अपने बड़े सौतेले भाई संभाजी की जगह ली, जो मुगल शासक द्वारा मारे गए थे। राजाराम भोंसले ने अपने शासनकाल में मुगलों के खिलाफ कई युद्ध लड़े और मराठा साम्राज्य को अक्षुण्ण रखने में सफल रहे। उन्हें भारत के दक्षिण में मराठा साम्राज्य का विस्तार करने का श्रेय भी दिया जाता है।

जन्म और प्रारंभिक जीवन

राजाराम भोंसले का जन्म सन् 1670 में रायगढ़, महाराष्ट्र में छत्रपति शिवाजी महाराज और सोयराबाई के यहाँ हुआ था। अपने पिता की मृत्यु के बाद उनके बड़े सौतेले भाई संभाजी सिंहासन पर बैठे। राजाराम का पालन-पोषण उनकी माँ सोयराबाई और उनकी दादी जीजाबाई ने किया। सन् 1689 में जब संभाजी को मुगल शासक द्वारा पकड़कर मार दिया गया, तो राजाराम भोंसले को उनके उत्तराधिकारी के रूप में चुना गया।

शासन और युद्ध

राजाराम भोंसले के शासनकाल में मुगल साम्राज्य के खिलाफ कई युद्ध हुए। उन्हें मुगल बादशाह औरंगजेब से कई चुनौतियों का सामना करना पड़ा, जो दक्कन क्षेत्र में अपने साम्राज्य का विस्तार करने के लिए दृढ़ था। राजाराम भोंसले ने गुरिल्ला युद्ध की रणनीति अपनाई और मुगलों द्वारा कब्जा किए जाने से बचने

के लिए अपनी राजधानी को कई बार स्थानांतरित किया। अपने शासनकाल के दौरान उन्होंने कई लड़ाइयाँ लड़ीं और मराठा साम्राज्य को अक्षुण्ण बनाए रखने में सफल रहे।

उनके शासनकाल के दौरान लड़ी गई महत्त्वपूर्ण लड़ाइयों में से एक सन् 1670 में सिंहगढ़ की लड़ाई थी। तानाजी मालुसरे के नेतृत्व में मराठों ने मुगलों को हराया और सिंहगढ़ के किले पर फिर से कब्जा कर लिया। हालाँकि, तानाजी मालुसरे युद्ध में मारे गए। एक और उल्लेखनीय लड़ाई सन् 1728 में पालखेड की लड़ाई थी, जहाँ मराठों ने हैदराबाद के निजाम को हराया था।

मराठा साम्राज्य का विस्तार

अपने शासनकाल के दौरान राजाराम भोंसले ने भारत के दक्षिण में मराठा साम्राज्य का विस्तार किया। उन्होंने अपने भाई वेंकोजी को तंजावुर के शासक के रूप में नियुक्त किया, जो दक्षिण में मराठा शक्ति का एक महत्त्वपूर्ण केंद्र बन गया। उन्होंने राघोजी भोंसले को नागपुर का शासक भी नियुक्त किया और भारत के पूर्वी क्षेत्रों में मराठा साम्राज्य का विस्तार किया।

सामाजिक कार्य

राजाराम भोंसले कला और संस्कृति के समर्थन के लिए जाने जाते थे। उन्होंने कई कलाकारों एवं संगीतकारों को संरक्षण दिया और मराठी साहित्य के विकास को प्रोत्साहित किया। उनके शासनकाल के दौरान मराठी साहित्य फला-फूला और कई उल्लेखनीय रचनाएँ प्रकाश में आईं। वे अपने परोपकार के लिए भी जाने जाते थे और कई धर्मार्थ कार्यों का समर्थन करते थे।

मृत्यु

राजाराम भोंसले की मृत्यु सन् 1700 में सिंहगढ़, महाराष्ट्र में हुई। उनकी विधवा ताराबाई ने उनका प्राप्त उत्तराधिकार किया, जिन्होंने उनके युवा पुत्र शिवाजी द्वितीय के लिए रीजेंट के रूप में कार्य किया।

उपलब्धियाँ और विरासत

राजाराम भोंसले एक सक्षम शासक थे जिन्होंने अपने शासनकाल के दौरान कई चुनौतियों का सामना किया लेकिन मराठा साम्राज्य को बरकरार रखने में

सफल रहे। उन्होंने भारत के दक्षिण में मराठा साम्राज्य का विस्तार किया और मराठी साहित्य एवं कला के विकास को प्रोत्साहित किया। उन्हें एक बहादुर और बुद्धिमान शासक के रूप में याद किया जाता है जिन्होंने अपने राज्य की स्वतंत्रता के लिए संघर्ष किया।

□

56

माधवराव प्रथम

माधवराव प्रथम मराठा साम्राज्य के एक प्रमुख शासक थे जिन्होंने सन् 1761 से सन् 1772 तक शासन किया। वे मराठा साम्राज्य के चौथे पेशवा थे और अपने समय के सबसे सफल एवं प्रभावशाली शासकों में से एक थे। वे अपने सैन्य कौशल और रणनीतिक योजना के लिए जाने जाते थे, जिसने मराठा साम्राज्य को अपने क्षेत्रों का विस्तार करने और अपनी शक्ति को मजबूत करने में मदद की।

जन्म और प्रारंभिक जीवन

माधवराव प्रथम का जन्म 16 फरवरी, 1745 को महाराष्ट्र के सतारा में पेशवा नानासाहेब और उनकी पत्नी गोपिकाबाई के यहाँ हुआ था। वह नानासाहेब के सबसे बड़े पुत्र थे और अपने पिता के उत्तराधिकारी के रूप में अगले पेशवा के रूप में तैयार हुए थे। माधवराव ने अपनी प्रारंभिक शिक्षा प्रख्यात विद्वान रामचंद्र बाबा शेणवी से प्राप्त की। उन्हें अपने पिता द्वारा युद्ध-कला में भी प्रशिक्षित किया गया था।

शासन

सन् 1761 में अपने पिता की मृत्यु के बाद माधवराव प्रथम 16 वर्ष की आयु में सिंहासन पर बैठे। उसी वर्ष पानीपत की तीसरी लड़ाई लड़ी गई, जिसके परिणामस्वरूप मराठा साम्राज्य को एक गंभीर झटका लगा, उन्हें तुरंत एक विकट चुनौती का सामना करना पड़ा। हार के बावजूद माधवराव प्रथम ने हैदराबाद के निजाम और मुगल साम्राज्य को कई युद्धों में हराकर मराठा साम्राज्य के गौरव को पुनर्स्थापित करने में कामयाबी हासिल की।

माधवराव प्रथम के शासनकाल को मराठा साम्राज्य की शक्ति को मजबूत करने और इसके क्षेत्रों का विस्तार करने के उनके प्रयासों से चिह्नित किया गया है। वे अपने कूटनीतिक कौशल के लिए जाने जाते थे और उन्होंने मराठा साम्राज्य की स्थिति को मजबूत करने के लिए विभिन्न क्षेत्रीय शक्तियों के साथ गठजोड़ किया। उन्होंने कई प्रशासनिक सुधार भी लागू किए, जिनसे मराठा प्रशासन की दक्षता में सुधार हुआ।

युद्ध और विजय

माधवराव प्रथम के शासनकाल में हैदराबाद के निजाम और मुगल साम्राज्य के साथ युद्ध सहित कई सैन्य अभियान देखे गए। उन्होंने सन् 1763 में रक्षाभुवन की लड़ाई में निजाम को सफलतापूर्वक हराया और उसके साथ एक संधि पर हस्ताक्षर किए, जिसने डेक्कन क्षेत्र पर मराठा साम्राज्य का प्रभुत्व सुनिश्चित किया।

माधवराव प्रथम ने भी मुगल साम्राज्य के खिलाफ लड़ाई लड़ी और सन् 1763 में सिकंदराबाद की लड़ाई में उन्हें हरा दिया। उन्होंने सन् 1764 में दिल्ली पर कब्जा कर लिया और मुगल साम्राज्य पर मराठा साम्राज्य का नियंत्रण बहाल कर दिया। क्षेत्रीय शक्तियों के खिलाफ माधवराव प्रथम के सफल अभियानों ने भारतीय उपमहाद्वीप में मराठा साम्राज्य के प्रभुत्व को सुनिश्चित किया।

सामाजिक कार्य

माधवराव प्रथम कला और साहित्य के संरक्षक थे। वे शास्त्रीय संगीत एवं नृत्य के प्रति अपने प्रेम के लिए जाने जाते थे और प्रदर्शन कलाओं के एक महान् संरक्षक थे। उन्होंने कई मंदिरों का भी निर्माण कराया और अन्य सार्वजनिक कार्यों, जैसे—तालाबों, कुओं और उद्यानों के निर्माण का समर्थन किया। उनके शासनकाल में मराठी साहित्य का विकास हुआ और कई मराठी कवियों तथा लेखकों का उदय हुआ।

उपलब्धियाँ

माधवराव प्रथम मराठा साम्राज्य के सबसे सफल और प्रभावशाली शासकों में से एक थे। उन्होंने मराठा साम्राज्य के क्षेत्रों का विस्तार किया और क्षेत्रीय शक्तियों को हराकर अपनी शक्ति को मजबूत किया। उन्होंने कई प्रशासनिक सुधार भी लागू किए जिससे मराठा प्रशासन की दक्षता में सुधार हुआ। माधवराव प्रथम

के शासनकाल में मराठी साहित्य का विकास हुआ और कई मराठी कवियों एवं लेखकों का उदय हुआ।

माधवराव प्रथम मराठा साम्राज्य के एक प्रमुख शासक थे जिन्होंने मराठा साम्राज्य की शक्ति के विस्तार और सुदृढ़ीकरण में महत्त्वपूर्ण भूमिका निभाई। वे अपने सैन्य कौशल, रणनीतिक योजना और प्रशासनिक सुधारों के लिए जाने जाते थे। माधवराव प्रथम के शासनकाल में मराठी साहित्य का विकास हुआ और कई मराठी कवियों एवं लेखकों का उदय हुआ। मराठा साम्राज्य के इतिहास में उनका योगदान महत्त्वपूर्ण है। उन्हें अपने समय के सबसे सफल और प्रभावशाली शासकों में से एक के रूप में याद किया जाता है।

□

57
गोनंदा प्रथम

गोनंदा प्रथम एक महान् राजा थे जिन्होंने 12वीं शताब्दी ई. के दौरान प्राचीन भारत में कश्मीर घाटी में शासन किया था। ऐसा माना जाता है कि वह गोनंद वंश के संस्थापक थे जिन्होंने सदियों तक इस क्षेत्र पर शासन किया था। हालाँकि उनके जीवन के बारे में बहुत कम जानकारी है, उनके शासनकाल को कश्मीर घाटी के इतिहास में महत्त्वपूर्ण माना जाता है।

जन्म और परिवार

गोनंदा प्रथम का जन्म 1182 ई. के आस-पास कश्मीर घाटी में हुआ था। उनके माता-पिता और पारिवारिक पृष्ठभूमि का पता नहीं है, लेकिन माना जाता है कि वे इस क्षेत्र के एक प्रमुख कबीले से ताल्लुक रखते थे।

शासनकाल और उपलब्धियाँ

माना जाता है कि गोनंदा प्रथम ने स्थानीय सरदारों को हराकर और उनके क्षेत्रों को मजबूत करके कश्मीर घाटी में अपना राज्य स्थापित किया था। उनके शासनकाल को महत्त्वपूर्ण माना जाता है क्योंकि उन्होंने गोनंद वंश की स्थापना की जिसने कई शताब्दियों तक इस क्षेत्र पर शासन किया।

माना जाता है कि अपने शासनकाल के दौरान गोनंदा प्रथम ने राजनगर नामक एक गढ़वाले राजधानी शहर का निर्माण किया था, जो झेलम नदी के तट पर स्थित था। उन्हें कई मंदिरों और अन्य सार्वजनिक कार्यों के निर्माण का भी श्रेय दिया जाता है, जिससे उनके राज्य की समृद्धि को बढ़ाने में मदद मिली।

माना जाता है कि गोनंदा प्रथम ने इस क्षेत्र के अन्य राज्यों के साथ

राजनयिक संबंध बनाए रखे थे और प्राचीन ग्रंथों व शिलालेखों में उनके राज्य के संदर्भ हैं।

युद्ध और विजय

गोनंदा प्रथम के सैन्य अभियानों के बारे में बहुत कम जानकारी है, लेकिन यह माना जाता है कि उन्होंने अपना राज्य स्थापित करने के लिए कई स्थानीय सरदारों से संघर्ष किया और हराया। उनका शासनकाल अपेक्षाकृत शांतिपूर्ण था और माना जाता है कि उन्होंने अपने राज्य के विकास पर ध्यान केंद्रित किया था।

मृत्यु और विरासत

माना जाता है कि गोनंदा प्रथम की मृत्यु सन् 1172 ई. के आस-पास हुई थी। उनकी विरासत महत्त्वपूर्ण है क्योंकि उन्होंने गोनंदा राजवंश की स्थापना की थी जिसने कई शताब्दियों तक कश्मीर घाटी पर शासन किया था। इस राजवंश ने कई प्रमुख शासक दिए जिन्होंने क्षेत्र के सांस्कृतिक और राजनीतिक विकास में योगदान दिया।

गोनंदा प्रथम एक प्रसिद्ध राजा थे जिन्होंने गोनंद राजवंश की स्थापना की और 12वीं शताब्दी ई. के दौरान कश्मीर घाटी पर शासन किया। हालाँकि उनके जीवन के बारे में बहुत कम जानकारी है, उनके शासनकाल को क्षेत्र के इतिहास में महत्त्वपूर्ण माना जाता है और उन्हें एक महान् शासक के रूप में याद किया जाता है जिन्होंने अपने राज्य के विकास और समृद्धि में योगदान दिया।

□

58
सुकफा

सुकफा, जिसे चाओलुंग सुकफा के नाम से भी जाना जाता है, वर्तमान असम, भारत में अहोम साम्राज्य के संस्थापक थे। उन्हें असम के इतिहास में एक महान् नायक के रूप में सम्मानित किया जाता है। उन्हें क्षेत्र के सांस्कृतिक और राजनीतिक विकास में सबसे महत्त्वपूर्ण व्यक्तियों में से एक माना जाता है। सुकफा का जीवन किंवदंती और मिथक में डूबा हुआ है, लेकिन यह व्यापक रूप से माना जाता है कि वह चीन के वर्तमान युनान प्रांत में ताई-अहोम कबीले से आए थे। वह 13वीं शताब्दी में असम चले गए और अहोम साम्राज्य की स्थापना की, जो 600 से अधिक वर्षों तक चला।

जन्म और प्रारंभिक जीवन

सुकफा का जन्म 1228 ई. में मोंग माओ में हुआ था, जो चीन के युनान प्रांत में स्थित एक राज्य था। उनका जन्म ताई-अहोम कबीले में हुआ था, जो तिब्बती पठार से इस क्षेत्र में आए थे। किंवदंती के अनुसार, सुकफा खुन लुंग नामक एक शक्तिशाली शासक का पोता था, जिसका असम की ब्रह्मपुत्र घाटी में एक नया राज्य स्थापित करने का सपना था। सुकफा के पिता, सुजानफा, ताई-अहोम कबीले में एक राजकुमार थे और खुन लुंग के असम को जीतने के सपने के एक वफादार समर्थक थे।

असम की यात्रा

1228 ई. में, खुन लुंग ने अपने पोते सुकफा को असम को जीतने के लिए एक अभियान का नेतृत्व करने का काम सौंपा। सुकफा अनुयायियों के एक छोटे

समूह के साथ अपनी यात्रा पर निकले और ब्रह्मपुत्र घाटी तक पहुँचने के लिए पहाड़ियों की पटकाई श्रेणी को पार किया। सुकफा और उनके अनुयायी इस क्षेत्र की प्राकृतिक सुंदरता से प्रभावित हुए और उन्होंने वहाँ एक राज्य स्थापित करने का फैसला किया।

अहोम साम्राज्य की स्थापना

1228 ई. में, सुकफा ने असम की स्थानीय जनजातियों को जीतकर अहोम साम्राज्य की स्थापना की। उन्होंने चराईदेव में अपनी राजधानी का निर्माण किया और सरकार की एक प्रणाली स्थापित की, जो एक सामंती पदानुक्रम पर आधारित थी। सुकफा अपने सैन्य कौशल के लिए जाने जाते थे और उन्होंने पड़ोसी क्षेत्रों पर विजय प्राप्त करके राज्य का विस्तार किया। सुकफा के उत्तराधिकारियों के शासनकाल के दौरान अहोम साम्राज्य अपने चरम पर पहुँच गया।

सामाजिक और सांस्कृतिक योगदान

सुकफा को असम के सामाजिक और सांस्कृतिक विकास में उनके योगदान के लिए जाना जाता है। वह अपने साथ ताई-अहोम कबीले की एक समृद्ध सांस्कृतिक विरासत लेकर आए और असम के लोगों को उनके कई रीति-रिवाजों और परंपराओं से परिचित कराया। उन्हें अहोम लिपि की शुरुआत करने का श्रेय दिया जाता है, जिसका इस्तेमाल अहोम भाषा लिखने के लिए किया गया था। सुकफा ने इस क्षेत्र में कृषि और व्यापार के विकास को भी प्रोत्साहित किया।

सुकफा की विरासत आज भी असम में कायम है। उन्हें क्षेत्र के इतिहास में एक महान् नायक माना जाता है और असम के सामाजिक, सांस्कृतिक और राजनीतिक विकास में उनके योगदान के लिए सम्मानित किया जाता है। अहोम साम्राज्य, जिसे उन्होंने स्थापित किया, 600 से अधिक वर्षों तक चला और इस क्षेत्र के इतिहास में एक महत्त्वपूर्ण भूमिका निभाई। सुकफा का जीवन किंवदंती और मिथक में डूबा हुआ है, लेकिन इस क्षेत्र पर उसका प्रभाव नकारा नहीं जा सकता है।

□

59
गदाधर सिंह

गदाधर सिंह वर्तमान भारतीय राज्य असम में अहोम साम्राज्य के राजा थे। वे राजा रुद्र सिंह के पुत्र थे और उन्होंने 1681 से 1696 ई. तक राज्य पर शासन किया था। उनके शासनकाल के दौरान राज्य ने प्रशासन, संस्कृति और कला के क्षेत्र में विभिन्न विकास देखे। उन्हें मुगल साम्राज्य और पड़ोसी राज्यों के खिलाफ अपने सैन्य अभियानों के लिए भी जाना जाता था।

जन्म और प्रारंभिक जीवन

गदाधर सिंह का जन्म 1658 ई. में राजा रुद्र सिंह और रानी पद्मावती के घर अहोम साम्राज्य में हुआ था। उन्हें छोटी उम्र से ही सैन्य रणनीति और प्रशासन में प्रशिक्षित किया गया था। उनके पिता के शासनकाल के दौरान उन्हें जोरहाट के राज्यपाल के रूप में नियुक्त किया गया था।

शासनकाल और उपलब्धियाँ

गदाधर सिंह अपने पिता राजा रुद्र सिंह की मृत्यु के बाद 1681 ई. में सिंहासन पर बैठे। उनके शासनकाल के दौरान अहोम साम्राज्य ने प्रशासन, संस्कृति और कला के क्षेत्र में महत्त्वपूर्ण विकास देखा। उन्हें प्रशासन में सुधार और राज्य में पारदर्शिता लाने के उनके प्रयासों के लिए जाना जाता था।

गदाधर सिंह मुगल साम्राज्य और पड़ोसी राज्यों के खिलाफ अपने सैन्य अभियानों के लिए भी जाने जाते थे। 1682 ई. में उन्होंने मुगलों के विरुद्ध एक सफल अभियान का नेतृत्व किया और इताखुली के युद्ध में उन्हें पराजित किया। उन्होंने कोच साम्राज्य के खिलाफ भी लड़ाई लड़ी और कोच वंश के क्षेत्रों को अहोम साम्राज्य में मिला लिया।

गदाधर सिंह कला और संस्कृति के संरक्षक थे। उनके शासनकाल के दौरान राज्य ने साहित्य, संगीत और नृत्य के क्षेत्र में एक महत्त्वपूर्ण विकास देखा। उन्हें असमिया भाषा और साहित्य को बढ़ावा देने के प्रयासों के लिए भी जाना जाता था।

मृत्यु और विरासत

पंद्रह वर्ष के शासन के बाद 1696 ई. में गदाधर सिंह की मृत्यु हो गई। उनका उत्तराधिकार उनके पुत्र रुद्र सिंह द्वितीय ने लिया। गदाधर सिंह को एक बहादुर और कुशल शासक के रूप में याद किया जाता है, जिन्होंने अहोम साम्राज्य में महत्त्वपूर्ण विकास किए। मुगलों और पड़ोसी राज्यों के खिलाफ उनके सैन्य अभियानों को अहोम साम्राज्य के इतिहास में सबसे सफल अभियानों में से माना जाता था।

गदाधर सिंह अहोम साम्राज्य के इतिहास में एक महत्त्वपूर्ण व्यक्ति थे। उनके शासनकाल में प्रशासन, संस्कृति और कला के क्षेत्र में महत्त्वपूर्ण विकास हुए। वे एक बहादुर और कुशल शासक थे, जो मुगलों और पड़ोसी राज्यों के खिलाफ अपने सैन्य अभियानों के लिए जाने जाते थे। उन्हें कला और संस्कृति के संरक्षक और राज्य के प्रशासन में महत्त्वपूर्ण सुधार लाने वाले शासक के रूप में याद किया जाता है।

□

60
पखंगबा

पखंगबा, जिसे पखंगबा मापू के नाम से भी जाना जाता है, एक राजा थे जिन्होंने 33 से 154 ई. तक भारत के पूर्वोत्तर राज्य मणिपुर पर शासन किया था। उन्हें मणिपुरी इतिहास में सबसे महत्त्वपूर्ण और सम्मानित राजाओं में से एक माना जाता है, क्योंकि उन्हें कई सांस्कृतिक, सामाजिक और धार्मिक प्रथाओं को शुरू करने का श्रेय दिया जाता है, जो आज भी मनाए जाते हैं।

जन्म और प्रारंभिक जीवन

पखंगबा का जन्म निंगथौजा कबीले में हुआ था, जो मैतेई लोगों के सात कुलों में से एक है, जो सदियों से इस क्षेत्र में बसे हुए हैं। उनकी सही जन्मतिथि और माता-पिता के नाम ज्ञात नहीं हैं, लेकिन किंवदंती के अनुसार, उनका जन्म यू-थोंग-गी नामक एक विशेष पेड़ के नीचे हुआ था, जिसमें इच्छाएँ पूरी करने की शक्ति थी।

शासन

पखंगबा 33 ई. में सिंहासन पर बैठे और 120 से अधिक वर्षों तक शासन किया। अपने शासनकाल के दौरान उन्होंने निंगथौजा कबीले की शक्ति को मजबूत किया, पड़ोसी जनजातियों एवं राज्यों को हराकर मणिपुर के क्षेत्र का विस्तार किया।

युद्ध, विजय और पराजय

पखंगबा के शासनकाल के दौरान सबसे महत्त्वपूर्ण सैन्य जीत में से एक नागा जनजाति की हार थी, जो वर्षों से मणिपुर पर हमला कर रहे थे। किंवदंती के अनुसार, पखंगबा ने अपनी जादुई शक्तियों का इस्तेमाल एक बड़े तूफान को

बुलाने के लिए किया, जिसने नागा सेना को नष्ट कर दिया और उनकी जीत का मार्ग प्रशस्त किया।

पखंगबा को मणिपुर में चिनाई की प्रथा शुरू करने का श्रेय भी दिया जाता है, जिसने उनकी सेना को मजबूत और अधिक लचीला किलेबंदी करने की अनुमति दी। इस नवाचार ने राज्य को आक्रमणकारी ताकतों से बचाने में मदद की और पखंगबा को अपने क्षेत्र का विस्तार करने की अनुमति दी।

सामाजिक कार्य और उपलब्धियाँ

पखंगबा को शायद मणिपुरी संस्कृति और धर्म में उनके योगदान के लिए जाना जाता है। उन्हें इस क्षेत्र में हिंदू धर्म की प्रथा को शुरू करने का श्रेय दिया जाता है, जो अंततः सनमाहिस्म के अद्वितीय धर्म के निर्माण के लिए पारंपरिक मैतेई मान्यताओं और प्रथाओं के साथ जुड़ गया।

पखंगबा को कई सांस्कृतिक प्रथाओं को शुरू करने का श्रेय भी दिया जाता है, जो आज भी मनाई जाती हैं, जिसमें लाई हराओबा उत्सव, मेइती देवताओं और उनकी पौराणिक कथाओं का उत्सव शामिल है। कहा जाता है कि उन्होंने बुनाई की प्रथा शुरू की, जिससे क्षेत्र के प्रसिद्ध वस्त्रों का विकास हुआ।

पखंगबा को मणिपुरी इतिहास में सबसे महान् राजाओं में से एक और मैतेई पौराणिक कथाओं में एक महान् व्यक्ति के रूप में याद किया जाता है। क्षेत्र की संस्कृति, धर्म और सामाजिक प्रथाओं में उनके योगदान का स्थायी प्रभाव पड़ा है, और उनके शासनकाल को महान् समृद्धि और नवीनता के समय के रूप में देखा जाता है।

□

61
लोइयुंबा

लोइयुंबा, जिसे लैनिंगथौ लोइयुंबा के नाम से भी जाना जाता है, मणिपुर के एक राजा थे जिन्होंने 1074 ई. से 1122 ई. तक शासन किया था। उन्हें मणिपुर के सबसे प्रमुख और प्रभावशाली राजाओं में से एक माना जाता है। उनके शासनकाल के दौरान मणिपुर ने कला, संस्कृति और धर्म सहित विभिन्न क्षेत्रों में महत्त्वपूर्ण वृद्धि और विकास देखा।

जन्म और माता-पिता

लोइयुंबा की सही जन्मतिथि ज्ञात नहीं है। हालाँकि, ऐसा माना जाता है कि उनका जन्म 11वीं सदी की शुरुआत में हुआ था। वे राजा खुमान खोंबा और रानी लीमा लुवांग के पुत्र थे। उनके पिता मणिपुर के एक शक्तिशाली राजा थे जिन्होंने अपने राज्य के क्षेत्रों का विस्तार किया।

शासन

लोइयुंबा अपने पिता की मृत्यु के बाद 1074 ई. में मणिपुर की गद्दी पर बैठे। वे एक योग्य और कुशल शासक थे जिसने राज्य में महत्त्वपूर्ण परिवर्तन और विकास किया। उनके शासनकाल के दौरान मणिपुर ने बहुत अधिक सांस्कृतिक और धार्मिक विकास देखा। वे मणिपुर के पारंपरिक धर्म सनमाहिज्म के भक्त थे और उनके संरक्षण में कई धार्मिक संस्थानों एवं मंदिरों का निर्माण किया गया था। उन्होंने मणिपुरी साहित्य और संगीत में भी महत्त्वपूर्ण योगदान दिया।

युद्ध, विजय और पराजय

लोइयुंबा अपने शासनकाल के दौरान कई युद्धों में शामिल रहे। उन्होंने मणिपुर की संप्रभुता की रक्षा के लिए त्रिपुरा और बर्मा के पड़ोसी राज्यों के खिलाफ लड़ाई लड़ी। वे अपने द्वारा लड़ी गई अधिकांश लड़ाइयों में सफल रहे और अपने राज्य के क्षेत्रों का विस्तार करने में सक्षम रहे।

सामाजिक कार्य और उपलब्धियाँ

अपनी सैन्य विजय के अलावा लोइयुंबा को मणिपुर के सांस्कृतिक और सामाजिक विकास में उनके महत्त्वपूर्ण योगदान के लिए जाना जाता है। उन्होंने कई मंदिरों और धार्मिक संस्थानों का निर्माण किया। उनके संरक्षण में कई विद्वान और कलाकार फले-फूले। उन्होंने मणिपुरी साहित्य और संगीत के विकास को प्रोत्साहित किया। वे स्वयं एक कुशल संगीतकार और कवि थे।

लोइयुंबा मणिपुर के सबसे प्रमुख राजाओं में से एक थे, जिन्होंने अपने शासनकाल के दौरान राज्य में महत्त्वपूर्ण वृद्धि और विकास किया। वे एक सक्षम कुशल शासक और कला व संस्कृति के संरक्षक थे। उनकी विरासत आज भी मणिपुर की थाटी है और उन्हें इस क्षेत्र के महानतम राजाओं में से एक के रूप में याद किया जाता है।

□

62
बिजॉय चंद्र

बिजॉय चंद्र (जिन्हें बिजॉय माणिक्य के नाम से भी जाना जाता है) माणिक्य वंश के एक राजा थे, जिन्होंने 1540 से 1575 ई. तक त्रिपुरा राज्य पर शासन किया था। वे अपने सैन्य अभियानों और त्रिपुरा की कला व संस्कृति को बढ़ावा देने के लिए जाने जाते थे।

जन्म और प्रारंभिक जीवन

बिजॉय चंद्र का जन्म 1510 ई. में त्रिपुरा में राजा कल्याण माणिक्य के पुत्र के रूप में हुआ था। उन्होंने एक औपचारिक शिक्षा प्राप्त की और उन्हें मार्शल आर्ट में प्रशिक्षित किया गया।

शासन और सैन्य अभियान

अपने पिता की मृत्यु के बाद 1540 ई. में बिजॉय चंद्र त्रिपुरा के सिंहासन पर बैठे। उन्हें तत्काल बंगाल और असम के पड़ोसी राज्यों से कई चुनौतियों का सामना करना पड़ा, जो त्रिपुरा पर कब्जा करना चाहते थे। बिजॉय चंद्र ने अपने राज्य की रक्षा के लिए कई सैन्य अभियान चलाए और आक्रमणकारियों को खदेड़ने में सफल रहे।

1556 ई. में बिजॉय चंद्र ने मुगल साम्राज्य की हमलावर ताकतों को हराया, जिन्होंने बंगाल से त्रिपुरा में प्रवेश किया था। उन्होंने असम के अहोम साम्राज्य के साथ गठबंधन किया और मुगलों के खिलाफ एक संयुक्त अभियान चलाया। मुगलों की हार हुई और बिजॉय चंद्र त्रिपुरा की मुगल शासन से स्वतंत्रता को बनाए रखने में कामयाब रहे।

बिजॉय चंद्र कला और संस्कृति के संरक्षण के लिए भी जाने जाते थे। अपने शासनकाल के दौरान उन्होंने कई मंदिरों और महलों के निर्माण का आदेश दिया और साहित्य, संगीत और नृत्य के विकास को बढ़ावा दिया।

उपलब्धियाँ और विरासत

बिजॉय चंद्र के सैन्य अभियानों और कला के संरक्षण ने त्रिपुरा को एक शक्तिशाली और सांस्कृतिक रूप से समृद्ध राज्य के रूप में स्थापित करने में मदद की। उन्हें त्रिपुरा में युद्ध में हाथियों के उपयोग की शुरुआत करने का श्रेय दिया जाता है, जो युद्ध में एक महत्त्वपूर्ण लाभ साबित हुआ। उन्होंने पड़ोसी राज्यों के साथ कई व्यापार मार्ग भी विकसित किए, जिससे त्रिपुरा की अर्थव्यवस्था को बढ़ावा मिला।

बिजॉय चंद्र के उत्तराधिकारी उनके पुत्र साधना माणिक्य थे, जिन्होंने अपनी नीतियों को जारी रखा और त्रिपुरा के प्रभाव का विस्तार किया। सन् 1949 में भारत में राज्य के प्रवेश तक माणिक्य राजवंश ने त्रिपुरा पर शासन करना जारी रखा।

बिजॉय चंद्र त्रिपुरा के एक सफल शासक थे, जो अपने सैन्य अभियानों और कलाओं के संरक्षण के लिए जाने जाते थे। उनकी विरासत त्रिपुरा की समृद्ध सांस्कृतिक विरासत और विदेशी आक्रमणकारियों के खिलाफ प्रतिरोध के इतिहास में रहती है।

□

63
दुर्लभ नारायण

दुर्लभ नारायण कोच वंश के राजा थे, जिन्होंने सन् 1663 से सन् 1681 तक वर्तमान असम और बंगाल के कुछ हिस्सों पर शासन किया था। वे अपनी वीरता और सैन्य रणनीति के लिए जाने जाते थे और उनके शासनकाल को मुगल साम्राज्य के साथ कई संघर्षों द्वारा चिह्नित किया गया था।

जन्म और पारिवारिक पृष्ठभूमि

दुर्लभ नारायण का जन्म सन् 1649 में कोच राजा नरनारायण के पुत्र के रूप में हुआ था। वे नरनारायण के दूसरे पुत्र थे, जो एक प्रसिद्ध शासक और कला के संरक्षक थे। दुर्लभ नारायण की माँ चुटिया वंश की एक राजकुमारी थीं, जो उस समय असम में एक शक्तिशाली राज्य था।

शासन

दुर्लभ नारायण सन् 1663 में अपने पिता नरनारायण की मृत्यु के बाद सिंहासन पर बैठे। उनके शासनकाल को मुगल साम्राज्य के साथ कई सैन्य संघर्षों द्वारा चिह्नित किया गया था, जो भारत के पूर्वी क्षेत्र में अपने क्षेत्र का विस्तार कर रहा था।

दुर्लभ नारायण अपनी सैन्य रणनीति के लिए जाने जाते थे और कई लड़ाइयों में मुगल सेना का सफलतापूर्वक विरोध करने में सक्षम थे। उन्होंने पड़ोसी राज्यों पर कब्जा करके और क्षेत्र में अपनी शक्ति को मजबूत करके कोच साम्राज्य के क्षेत्र का भी विस्तार किया।

उनके शासनकाल के दौरान प्रमुख संघर्षों में से एक 1671 में सरायघाट की लड़ाई थी, जहाँ अहोम साम्राज्य के सैन्य कमांडर लचित बोरफुकन के नेतृत्व में

कोच सेना ने बंगाल के गवर्नर राम सिंह के नेतृत्व वाली मुगल सेना को हराया था। इस लड़ाई को असम के इतिहास में एक महत्त्वपूर्ण मोड़ माना जाता है और इसे विदेशी आक्रमण के खिलाफ असमिया प्रतिरोध के प्रतीक के रूप में मनाया जाता है।

सामाजिक कार्य और उपलब्धियाँ

दुर्लभ नारायण कला और साहित्य के संरक्षक थे और उनके शासनकाल को कोच साम्राज्य में साहित्य एवं संस्कृति के विकास से चिह्नित किया गया था। वे भगवान कृष्ण के भक्त थे और उन्होंने देवता को समर्पित कई मंदिरों का निर्माण किया।

दुर्लभ नारायण एक साहसी और सक्षम शासक थे जिन्होंने मुगल साम्राज्य के खिलाफ अपने राज्य का सफलतापूर्वक बचाव किया और कोच वंश के क्षेत्र का विस्तार किया। वे कला और साहित्य के संरक्षक थे और उन्होंने इस क्षेत्र में संस्कृति के विकास में महत्त्वपूर्ण भूमिका निभाई। उनके शासनकाल को कोच वंश और असम के इतिहास में एक महत्त्वपूर्ण अवधि माना जाता है।

□

64

गोविंद चंद्र

गोविंद चंद्र भारत में बंगाल क्षेत्र के एक प्रसिद्ध शासक थे। वे महाराजा शोभा सिंह के पुत्र थे और 20 वर्ष की आयु में सिंहासन पर बैठे। अपने शासनकाल के दौरान वे अपने क्षेत्र का विस्तार करने, व्यापार का विकास करने और कलाओं को बढ़ावा देने में सक्षम थे।

जन्म और प्रारंभिक जीवन

गोविंद चंद्र का जन्म सन् 1744 में महाराजा शोभा सिंह और उनकी पत्नी रानी मुक्ता देवी के घर हुआ था। उनका जन्म-स्थान वर्तमान पश्चिम बंगाल के बीरभूम जिले में था। एक बच्चे के रूप में उन्होंने संस्कृत, संगीत, नृत्य और मार्शल आर्ट जैसे विभिन्न क्षेत्रों में अच्छी शिक्षा प्राप्त की।

शासन

गोविंद चंद्र अपने पिता की मृत्यु के बाद सन् 1764 में सिंहासन पर बैठे। वे एक कुशल शासक थे और अपने राज्य में शांति व स्थिरता बनाए रखने में सक्षम थे। उन्होंने मिदनापुर और चटगाँव जैसे पड़ोसी क्षेत्रों पर कब्जा करके अपने क्षेत्र का विस्तार किया। उन्होंने नेपाल, भूटान और असम जैसे पड़ोसी राज्यों के साथ मैत्रीपूर्ण संबंध भी स्थापित किए।

गोविंद चंद्र कला के संरक्षण के लिए जाने जाते थे। वे संगीत और नृत्य के बड़े प्रेमी थे और स्वयं एक कुशल संगीतकार के रूप में जाने जाते थे। उन्होंने कला को बढ़ावा दिया और कलाकारों एवं संगीतकारों को अपने दरबार में आने के लिए प्रोत्साहित किया। गोपाल तांती, बाउल फकीर और उस्ताद अलाउद्दीन खान जैसे कई प्रसिद्ध कलाकार उसके दरबार से जुड़े थे।

उपलब्धियाँ

गोविंद चंद्र की प्रमुख उपलब्धियों में से एक उनके राज्य में व्यापार का विकास था। उसने व्यापार एवं वाणिज्य को प्रोत्साहित किया और अपने राज्य के बुनियादी ढाँचे में सुधार के प्रयास किए। उन्होने सड़कों, पुलों और नहरों का निर्माण कराया, जिससे माल और लोगों के परिवहन में मदद मिली।

गोविंद चंद्र की एक और महत्त्वपूर्ण उपलब्धि उनके राज्य में महिलाओं की स्थिति में सुधार के उनके प्रयास थे। उन्होंने सती प्रथा को समाप्त कर दिया और लड़कियों की शिक्षा को प्रोत्साहित किया।

गोविंद चंद्र एक कुशल शासक और कला के महान् संरक्षक थे। वे अपने राज्य में शांति व स्थिरता बनाए रखने और अपने क्षेत्र का विस्तार करने में सक्षम थे। व्यापार को विकसित करने और कलाओं को बढ़ावा देने के उनके प्रयासों ने उनके राज्य की वृद्धि और समृद्धि में मदद की। उन्हें एक ऐसे महान् शासक के रूप में याद किया जाता है, जिसे अपनी प्रजा से प्यार था।

□

65

रत्ना फा

रत्ना फा अहोम साम्राज्य के शासक थे, जो वर्तमान असम में स्थित था। राज्य के महत्त्वपूर्ण विस्तार और समेकन के समय उन्होंने सन् 1463 से सन् 1474 तक शासन किया। रत्ना फा को एक सक्षम और न्यायप्रिय शासक के रूप में याद किया जाता है जिन्होंने अहोम साम्राज्य के एकीकरण में महत्त्वपूर्ण भूमिका निभाई।

जन्म और परिवार

रत्ना फा का जन्म सन् 1443 में असम के शिवसागर जिले में हुआ था। वे अहोम साम्राज्य के 16वें शासक सुकलेनमुंग और उनकी पत्नी के पुत्र थे। वे सुहंगमंग के पौत्र थे, जिन्होंने अहोम साम्राज्य को एक संप्रभु राज्य के रूप में स्थापित किया था।

शासन

रत्न फा सन् 1463 में अपने पिता सुकलेनमुंग की मृत्यु के बाद सिंहासन पर बैठे। अपने शासनकाल के दौरान रत्ना फा ने उन क्षेत्रों को मजबूत करने पर ध्यान केंद्रित किया, जो उनके पूर्ववर्तियों द्वारा प्राप्त किए गए थे। उन्होंने नए पदों का सृजन करके और महत्त्वपूर्ण पदों पर सक्षम अधिकारियों को नियुक्त करके राज्य की प्रशासनिक व्यवस्था को भी मजबूत किया।

युद्ध और विजय

अपने शासनकाल के दौरान रत्ना फा को पड़ोसी राज्यों से कई चुनौतियों का सामना करना पड़ा, जिसमें कचहरी और जयंतिया साम्राज्य शामिल थे। उन्हें अहोम

साम्राज्य के विद्रोही सरदारों से भी निपटना पड़ा। हालाँकि, रत्ना फा युद्ध में अपने दुश्मनों को हराने और अहोम साम्राज्य की अखंडता को बनाए रखने में सक्षम थे। उन्होंने क्षेत्र में शांति और स्थिरता बनाए रखने के लिए पड़ोसी राज्यों के साथ राजनयिक संबंध भी स्थापित किए।

सामाजिक कार्य और उपलब्धियाँ

रत्न फा कला और साहित्य के संरक्षक थे। उन्होंने शिवसागर में शिव डोल और हाजो में हयग्रीव माधव मंदिर सहित कई महत्त्वपूर्ण मंदिरों के निर्माण का काम किया। उन्होंने अहोम भाषा और संस्कृति के अध्ययन को भी बढ़ावा दिया। उनके संरक्षण में अहोम लिपि का मानकीकरण किया गया और कई महत्त्वपूर्ण साहित्यिक कृतियों का निर्माण किया गया।

रत्ना फा को एक सक्षम और न्यायप्रिय शासक के रूप में याद किया जाता है जिन्होंने अहोम साम्राज्य के एकीकरण में महत्त्वपूर्ण भूमिका निभाई। वे कला और साहित्य के संरक्षक थे। उन्होंने क्षेत्र में शांति और स्थिरता बनाए रखने के लिए पड़ोसी राज्यों के साथ राजनयिक संबंध स्थापित किए। सन् 1474 में रत्ना फा की मृत्यु हो गई और उनके बेटे सुहंग ने गद्दी सँभाली।

□

66

महामाणिक्य

महामाणिक्य सन् 1862 से सन् 1896 तक त्रिपुरा साम्राज्य के एक प्रमुख शासक थे। वे वीर चंद्र माणिक्य के पुत्र थे, जो उनके पहले राज्य के शासक थे। महामाणिक्य को एक दूरदर्शी शासक के रूप में याद किया जाता है जिन्होंने अपने राज्य में कई महत्त्वपूर्ण सुधारों और आधुनिकीकरण कार्यक्रमों को लागू किया।

जन्म और परिवार

महामाणिक्य का जन्म सन् 1847 में त्रिपुरा साम्राज्य के तत्कालीन शासक वीर चंद्र माणिक्य के पुत्र के रूप में हुआ था। वे माणिक्य राजवंश से ताल्लुक रखते थे, जो कई सदियों से राज्य पर शासन कर रहा था।

शासन

महामाणिक्य अपने पिता की मृत्यु के बाद सन् 1862 में त्रिपुरा साम्राज्य के शासक बने। वे उस समय केवल पंद्रह वर्ष के थे, इसलिए उनकी माँ ने उम्र बढ़ने तक रीजेंट के रूप में काम किया। एक बार जब उन्होंने राज्य पर पूर्ण नियंत्रण कर लिया, तो महामाणिक्य ने कई सुधार और आधुनिकीकरण कार्यक्रम शुरू किए, जिनका राज्य पर स्थायी प्रभाव पड़ा।

उपलब्धियाँ

महा माणिक्य की प्रमुख उपलब्धियों में से एक उनका आधुनिकीकरण और विकास पर ध्यान केंद्रित करना था। उन्होंने पूरे राज्य में स्कूलों एवं अस्पतालों की

स्थापना की और परिवहन में सुधार के लिए कई सड़कों और पुलों का भी निर्माण करवाया। उन्होंने वाणिज्य और उद्योग के विकास को प्रोत्साहित किया और कृषि में सुधार के लिए कई सिंचाई परियोजनाओं की शुरुआत भी की।

महामाणिक्य ने अपने शासनकाल में कई सामाजिक सुधार भी लागू किए। उन्होंने गुलामी और बँधुआ मजदूरी की व्यवस्था को समाप्त कर दिया और राज्य में महिलाओं की स्थिति में सुधार के लिए भी काम किया। उन्होंने शिक्षा के प्रसार को प्रोत्साहित किया और सार्वजनिक स्वास्थ्य में सुधार के लिए कई उपायों की शुरुआत की।

महामाणिक्य की एक अन्य महत्त्वपूर्ण उपलब्धि ब्रिटिश साम्राज्य के साथ संबंधों को सुधारने के उनके प्रयास थे, जिसका उस समय क्षेत्र में महत्त्वपूर्ण प्रभाव था। उन्होंने अंग्रेजों के साथ मैत्रीपूर्ण संबंध बनाए रखा, जिससे राज्य की स्थिरता और सुरक्षा सुनिश्चित करने में मदद मिली।

महामाणिक्य एक दूरदर्शी शासक थे जिन्होंने त्रिपुरा साम्राज्य में कई महत्त्वपूर्ण सुधार और आधुनिकीकरण कार्यक्रम लागू किए। विकास और सामाजिक सुधार पर उनके ध्यान का राज्य पर स्थायी प्रभाव पड़ा, अंग्रेजों के साथ उनके मैत्रीपूर्ण संबंधों ने इसकी स्थिरता और सुरक्षा सुनिश्चित करने में मदद की। उन्हें त्रिपुरा के सबसे सफल और प्रगतिशील शासकों में से एक के रूप में याद किया जाता है।

□

67

अलेमपांग

अलेमपांग सन् 1816 से सन् 1826 तक अहोम साम्राज्य के शासक थे। वे 36वें और अंतिम अहोम राजा थे। अहोम साम्राज्य के पतन में महत्त्वपूर्ण भूमिका निभाई थी।

प्रारंभिक जीवन और परिग्रहण

अलेमपांग का जन्म सन् 1772 में असम के शिवसागर में हुआ था। वे राजा कमलेश्वर सिंह के पुत्र थे और उनका नाम हेमचंद्र रखा गया था। उन्हें उनके पिता द्वारा जोरहाट के राज्यपाल के रूप में नियुक्त किया गया था। अपने पिता की मृत्यु के बाद उनके सौतेले भाई चंद्रकांत सिंह सिंहासन पर बैठे। हालाँकि, 1811 में मंत्री पूर्णानंद बुराहागोहेन द्वारा उनकी हत्या कर दी गई थी। बुराहागोहेन ने तब चंद्रकांत के शिशु पुत्र पुरंदर सिंह को सिंहासन पर बिठाया लेकिन असली सत्ता बुराहागोहेन के पास थी।

शिवसागर के फुकन (गवर्नर) की मदद से अलेमपांग ने बुरहागोहिन के खिलाफ साजिश रची और सन् 1816 में उसे उखाड़ फेंकने में सफल रहे। अलेमपांग रईसों के समर्थन से सिंहासन पर बैठे और स्वर्गदेव की उपाधि धारण की।

शासनकाल और उपलब्धियाँ

अपने शासनकाल के दौरान अलेमपांग को बर्मी सेना के आक्रमण सहित कई चुनौतियों का सामना करना पड़ा। बर्मी लोगों ने सन् 1817 में असम पर आक्रमण किया था और राजधानी रंगपुर पर कब्जा कर लिया था। हालाँकि, अलेमपांग अंग्रेजों की मदद से सन् 1824 में असम से बर्मी सेना को खदेड़ने में सफल रहे।

अलेमपांग ने भी अपने शासनकाल के दौरान कई सुधारों की शुरुआत की। उन्होंने अधिकारियों के वेतन को कम करके और अनावश्यक पदों को समाप्त करके राज्य की वित्तीय स्थिति में सुधार करने का प्रयास किया। उन्होंने राजस्व प्रणाली को भी पुनर्गठित किया और कृषि को बढ़ावा देने का प्रयास किया।

हालाँकि, अलेमपांग का शासन भ्रष्टाचार और अशांति से ग्रस्त था। उनके शासनकाल को रईसों और अन्य लोगों द्वारा कई विद्रोहों द्वारा चिह्नित किया गया था। इसके अलावा, अलेमपांग का ब्रिटिश समर्थक रुख लोगों के बीच अलोकप्रिय था, जिन्होंने इसे कमजोरी के संकेत के रूप में देखा।

पतन

अहोम साम्राज्य का पतन अलेमपांग के शासनकाल के दौरान शुरू हुआ। ब्रिटिश, जो भारत में अपने प्रभाव का विस्तार कर रहे थे, ने बर्मी लोगों के साथ एक संधि की थी, जिसका असम के लिए क्षेत्रीय प्रभाव था। प्रथम एंग्लो-बर्मी युद्ध में अंग्रेजों द्वारा पराजित बर्मी लोगों ने असम, मणिपुर और अराकान के क्षेत्रों को अंग्रेजों को सौंप दिया।

हालाँकि, अलेमपांग ने असम पर ब्रिटिश संप्रभुता को मान्यता देने से इनकार कर दिया। डेविड स्कॉट की कमान में अंग्रेजों ने सन् 1825 में असम पर आक्रमण किया और अहोम सेना को हरा दिया। अलेमपांग को पकड़ लिया गया और कलकत्ता ले जाया गया, जहाँ सन् 1828 में कैद में उसकी मृत्यु हो गई।

अलेमपांग अंतिम अहोम राजा थे और उसके शासनकाल में अहोम साम्राज्य का अंत हुआ। राज्य के आधुनिकीकरण और सुधार के उनके प्रयासों के बावजूद उनके शासन को भ्रष्टाचार और अशांति से चिह्नित किया गया था। उनका ब्रिटिश-समर्थक रुख और असम पर ब्रिटिश संप्रभुता को मान्यता देने से इनकार करना उनके लिए पतन का कारण साबित हुआ। फिर भी, वे असम और अहोम साम्राज्य के इतिहास में एक महत्त्वपूर्ण व्यक्ति हैं।

□

68
दलपत शाह

दलपत शाह गुजरात सल्तनत के एक शासक थे जिन्होंने सन् 1554 से सन् 1575 तक शासन किया। उन्हें अपने पिता बहादुर शाह का उत्तराधिकारी बनाया गया, जो मुगल सम्राट अकबर के खिलाफ लड़ाई में मारे गए थे। अपने शासनकाल के दौरान, दलपत शाह को कई चुनौतियों का सामना करना पड़ा, जिसमें उनके भाई द्वारा विद्रोह और पुर्तगालियों द्वारा आक्रमण शामिल था। हालाँकि, उन्होंने अपने राज्य की स्थिरता को बनाए रखने में कामयाबी हासिल की और गुजरात की कला और संस्कृति में महत्त्वपूर्ण योगदान दिया।

जन्म और पितृत्व

दलपत शाह का जन्म सन् 1532 में गुजरात के सुल्तान बहादुर शाह और उनकी रानी पद्मावती के सबसे बड़े पुत्र के रूप में हुआ था। उनका पालन-पोषण अहमदाबाद के शाही महल में हुआ और उन्होंने उस समय के सर्वश्रेष्ठ शिक्षकों से शिक्षा प्राप्त की।

शासन

दलपत शाह अपने पिता की मृत्यु के बाद सन् 1554 में सिंहासन पर बैठे। उनके शासन की शुरुआत एक चुनौती के साथ हुई क्योंकि उनके छोटे भाई सिकंदर शाह ने उनके खिलाफ विद्रोह कर दिया और खुद को सुल्तान घोषित कर दिया। हालाँकि, दलपत शाह उसे हराने में कामयाब रहे और उन्हें रोहतासगढ़ के किले में कैद कर दिया।

सन् 1572 में पुर्तगालियों ने सूरत के बंदरगाह शहर पर हमला किया और उस पर कब्जा कर लिया। उन्होंने गुजरात के अन्य तटीय शहरों पर भी हमला किया

और क्षेत्र में कहर बरपाया। दलपत शाह ने पुर्तगाली आक्रमण का विरोध करने की कोशिश की, लेकिन उनकी सेना इतनी मजबूत नहीं थी कि उन्हें हरा सके। उन्होंने अंततः सन् 1573 में उनके साथ एक शांति संधि पर हस्ताक्षर किए, जिसने पुर्तगालियों को सूरत पर अपना नियंत्रण बनाए रखने की अनुमति दी।

दलपत शाह ने अपने शासनकाल में कला और संस्कृति को भी संरक्षण प्रदान किया। उन्होंने अहमदाबाद में जामा मस्जिद और सरखेज रोजा सहित कई शानदार इमारतें बनवाईं। उन्होंने साहित्य और कविता का भी समर्थन किया और कई विद्वानों को अपने दरबार में आमंत्रित किया।

मृत्यु और विरासत

21 साल के शासन के बाद सन् 1575 में दलपत शाह की मृत्यु हो गई। उसके बाद उसका पुत्र मुजफ्फर शाह तृतीय गद्दी पर बैठा। अपने शासनकाल के दौरान चुनौतियों का सामना करने के बावजूद दलपत शाह गुजरात की स्थिरता को बनाए रखने में कामयाब रहे और इसकी कला और संस्कृति में महत्त्वपूर्ण योगदान दिया। उनकी विरासत उनके द्वारा बनाए गए शानदार भवनों और उनके द्वारा साहित्य और कविता को दिए गए संरक्षण में जीवित है।

दलपत शाह गुजरात सल्तनत के एक उल्लेखनीय शासक थे जिन्होंने अपने शासनकाल के दौरान कई चुनौतियों का सामना किया लेकिन अपने राज्य की स्थिरता को बनाए रखने में कामयाब रहे। उन्होंने गुजरात की कला एवं संस्कृति में महत्त्वपूर्ण योगदान दिया और साहित्य तथा कविता को संरक्षण दिया। पुर्तगाली आक्रमण के बावजूद, वे उनके साथ एक शांति संधि पर हस्ताक्षर करने में कामयाब रहे जिससे उन्हें अपने अधिकांश राज्य पर नियंत्रण बनाए रखने की अनुमति मिली। कला और संस्कृति के संरक्षक के रूप में उनकी विरासत आज भी कायम है।

□

69
मधुकर शाह

मधुकर शाह गोंडवाना साम्राज्य के एक प्रसिद्ध शासक थे, जो वर्तमान मध्य प्रदेश और महाराष्ट्र के क्षेत्रों में स्थित था। वे सन् 1575 में अपने पिता दलपत शाह के उत्तराधिकारी बने और सन् 1592 तक शासन किया। अपने शासनकाल के दौरान उन्होंने अपने राज्य को मजबूत करने के लिए कई कदम उठाए और कई सैन्य अभियानों के माध्यम से अपने क्षेत्रों का विस्तार किया। मधुकर शाह को कला और साहित्य के संरक्षण के लिए भी जाना जाता था, जो उनके शासन में फला-फूला।

जन्म और प्रारंभिक जीवन

मधुकर शाह का जन्म सन् 1554 में दलपत शाह और उनकी पत्नी दुर्गावती के यहाँ हुआ था। उनका पालन-पोषण एक शाही घराने में हुआ और उन्होंने एक उत्कृष्ट शिक्षा प्राप्त की, जिसमें सैन्य प्रशिक्षण, प्रशासनिक कौशल और कला एवं संस्कृति का ज्ञान शामिल था।

शासन

मधुकर शाह अपने पिता दलपत शाह की मृत्यु के बाद सन् 1575 में सिंहासन पर बैठे। अपने शासनकाल के दौरान उन्होंने पड़ोसी क्षेत्रों पर कब्जा करके और अपनी सेना को मजबूत करके अपने राज्य का विस्तार किया। वे एक कुशल सैन्य रणनीतिकार थे और उन्होंने मुगलों, मराठों और अन्य पड़ोसी राज्यों के खिलाफ कई सफल अभियानों में अपनी सेना का नेतृत्व किया।

उनके उल्लेखनीय सैन्य अभियानों में से एक मुगल सम्राट अकबर के खिलाफ

था, जिसे उन्होंने सारंगपुर की लड़ाई में हराया था। इस जीत ने मध्य भारत में एक शक्तिशाली शासक के रूप में मधुकर शाह की स्थिति को मजबूत किया। उसने अपने राज्य को बाहरी खतरों से बचाने के लिए रणनीतिक स्थानों में कई किले की किलेबंदी भी करवाई।

मधुकर शाह अपने सैन्य कारनामों के अलावा कला और साहित्य के संरक्षण के लिए भी जाने जाते थे। वे संगीत, नृत्य और कविता के बहुत बड़े प्रेमी थे। उन्होंने कलाकारों और संगीतकारों को अपने शासन में फलने-फूलने के लिए प्रोत्साहित किया। वे खुद एक विद्वान भी थे और उन्होंने अपने राज्य के इतिहास, संस्कृति और परंपराओं पर कई पुस्तकें लिखीं।

उपलब्धियाँ

मधुकर शाह के शासनकाल को कई उल्लेखनीय उपलब्धियों से चिह्नित किया गया था। उसने पड़ोसी क्षेत्रों पर कब्जा करके और अपनी सेना को मजबूत करके अपने राज्य का विस्तार किया। वे कला और साहित्य का भी एक महान् संरक्षक थे और कलाकारों और संगीतकारों को अपने शासन में फलने-फूलने के लिए प्रोत्साहित किया।

मधुकर शाह एक कुशल शासक थे जिन्होंने अपने राज्य को मजबूत करने और अपने क्षेत्रों का विस्तार करने के लिए कई कदम उठाए। वे एक सफल सैन्य रणनीतिकार थे और उन्होंने मुगलों, मराठों और अन्य पड़ोसी राज्यों के खिलाफ कई सफल अभियानों में अपनी सेना का नेतृत्व किया। उन्हें कला और साहित्य के संरक्षण के लिए भी जाना जाता था, जो उनके शासन में फला-फूला। □

70

रघुनाथ शाह

रघुनाथ शाह गोंडवाना वंश के पंद्रहवें शासक थे और उन्होंने 1592 से 1609 ई. तक शासन किया। वे एक बहादुर और न्यायप्रिय राजा थे, जो अपनी सैन्य जीत और सामाजिक सुधारों के लिए जाने जाते हैं।

जन्म और माता-पिता

रघुनाथ शाह का जन्म 1564 ई. में राजा जयसिंह और रानी दुर्गावती के यहाँ हुआ था। उनके पिता जयसिंह गोंडवाना राजवंश के बारहवें शासक थे, जबकि उनकी माता दुर्गावती एक प्रसिद्ध रानी और योद्धा थीं, जिन्होंने मुगल सेना के खिलाफ बहादुरी से लड़ाई लड़ी थी।

शासन

रघुनाथ शाह अपने भाई मधुकर शाह की मृत्यु के बाद 1592 ई. में गद्दी पर बैठे। उन्होंने अपनी माँ की विरासत को बनाए रखा और अकबर के बेटे राजकुमार मुराद के नेतृत्व वाली मुगल सेना के खिलाफ लड़ाई लड़ी। रघुनाथ शाह कई लड़ाइयों में मुगलों को हराने में सक्षम थे और अपने राज्य के क्षेत्रों का विस्तार किया।

युद्ध और विजय

रघुनाथ शाह की सबसे महत्त्वपूर्ण सैन्य जीत में से एक 1597 ई. में हुई जब उन्होंने मुगल सम्राट अकबर और उनके बेटे राजकुमार मुराद की संयुक्त सेना को हराया। इस लड़ाई में रघुनाथ शाह और उनकी सेना की संख्या कम

थी, लेकिन उन्होंने मुगल सेना पर काबू पाने के लिए अपनी सैन्य रणनीति का इस्तेमाल किया।

एक और महत्त्वपूर्ण जीत 1601 ई. में हुई जब रघुनाथ शाह ने नागपुर के भोंसले राजा को हराया, जो उनके पक्ष में एक निरंतर काँटा था। इस जीत के बाद, रघुनाथ शाह इस क्षेत्र पर अपनी पकड़ मजबूत करने और अपने लोगों की रहने की स्थिति में सुधार करने में सक्षम हुए।

सामाजिक कार्य

रघुनाथ शाह एक न्यायप्रिय और बुद्धिमान राजा थे, जिन्हें उनकी प्रजा बहुत प्यार करती थी। उन्होंने कई सामाजिक सुधारों की शुरुआत की जिससे उनकी प्रजा के जीवन में सुधार हुआ। उन्होंने सती प्रथा को समाप्त कर दिया, जहाँ विधवाओं को अपने पति की चिता पर आत्मदाह करने के लिए मजबूर किया जाता था। उसने शराब और नशीले पदार्थों की बिक्री पर भी रोक लगा दी, जो उसके राज्य की एक बड़ी समस्या थी।

उपलब्धियाँ

गोंडवाना राजवंश के इतिहास में रघुनाथ शाह के शासनकाल को एक स्वर्णिम काल माना जाता है। वे एक मजबूत और सक्षम शासक थे। उन्होंने अपने राज्य के क्षेत्रों का विस्तार किया और अपने लोगों की जीवन स्थितियों में सुधार किया। वे कला और संस्कृति के भी संरक्षक थे उन्होंने अपने राज्य में साहित्य और संगीत के विकास को प्रोत्साहित किया।

मृत्यु

रघुनाथ शाह की मृत्यु 1609 ई. में 45 वर्ष की आयु में हुई। उनके उत्तराधिकारी उनके पुत्र मदन शाह थे।

रघुनाथ शाह एक न्यायप्रिय और बुद्धिमान राजा थे जिन्होंने मुगलों के खिलाफ लड़ाई लड़ी और अपने राज्य का विस्तार किया। उन्होंने कई सामाजिक सुधारों की शुरुआत की जिससे उनकी प्रजा के जीवन में सुधार हुआ और उन्हें गोंडवाना राजवंश के महानतम शासकों में से एक माना जाता है।

□

71
मल्हार राव होल्कर

मल्हार राव होल्कर एक उल्लेखनीय मराठा सेनापति और शासक थे जिन्होंने 18वीं शताब्दी के दौरान मराठा साम्राज्य के विस्तार में महत्त्वपूर्ण भूमिका निभाई थी। उन्हें उनकी सैन्य प्रतिभा और एक मजबूत एवं स्वतंत्र मराठा राज्य स्थापित करने के उनके प्रयासों के लिए याद किया जाता है। मल्हार राव होल्कर के शासनकाल में कई सफल अभियान हुए, जिसने उन्हें एक कुशल और निडर सेनापति के रूप में ख्याति दिलाई। वे अपने प्रशासनिक सुधारों और अपने राज्य में कृषि, व्यापार एवं वाणिज्य को बढ़ावा देने के प्रयासों के लिए भी जाने जाते थे।

जन्म और प्रारंभिक जीवन

मल्हार राव होल्कर का जन्म 16 मार्च, 1693 को होल गाँव में हुआ था, जो अब भारत के मध्य प्रदेश के इंदौर जिले में स्थित है। उनके पिता, खंडेराव होल्कर, पेशवा बाजीराव प्रथम की सेवा में एक जागीरदार थे, जबकि उनकी माता का नाम रख्माबाई था। मल्हार राव होल्कर ने अपनी प्रारंभिक शिक्षा मराठा दरबार में प्राप्त की और जल्दी ही युद्ध के लिए एक प्रतिभा प्रदर्शित की।

शासनकाल और उपलब्धियाँ

मल्हार राव होल्कर ने पेशवा बाजी राव प्रथम की सेवा में एक सैनिक के रूप में अपना सैन्य कैरियर शुरू किया। सन् 1721 में उन्हें एक मराठा टुकड़ी के कमांडर के रूप में नियुक्त किया गया, जिसे मुगल साम्राज्य के खिलाफ हैदराबाद के निजाम की सहायता के लिए भेजा गया था। मल्हार राव होल्कर ने

इस अभियान के दौरान अपने सैन्य कौशल का प्रदर्शन किया और मराठा सेना में एक विश्वसनीय तथा सम्मानित कमांडर बनने के लिए रैंकों के माध्यम से तेजी से ऊपर उठे।

सन् 1724 में मल्हार राव होल्कर को मालवा के क्षेत्र में मराठा साम्राज्य की सेना के प्रमुख के रूप में नियुक्त किया गया था। उन्होंने मुगल सेना के खिलाफ कई लड़ाइयाँ जीतने और क्षेत्र में एक मजबूत मराठा उपस्थिति स्थापित करने के लिए अपने सैन्य कौशल और सामरिक कौशल का इस्तेमाल किया। सन् 1733 में उन्हें मालवा के राज्यपाल के रूप में नियुक्त किया गया, जिसने मराठा शासक के रूप में उनके स्वतंत्र शासन की शुरुआत को चिह्नित किया।

मालवा के राज्यपाल के रूप में मल्हार राव होल्कर ने अपनी सैन्य और प्रशासनिक क्षमताओं को मजबूत करने पर ध्यान केंद्रित किया। उन्होंने राजस्व संग्रह, कृषि और व्यापार के क्षेत्रों में कई सुधार किए, जिससे उनके राज्य की समृद्धि में वृद्धि हुई। उसने कई किलों और सैन्य प्रतिष्ठानों का भी निर्माण किया, जिसने उसके राज्य को अधिक सुरक्षित और बाहरी खतरों के प्रति कम संवेदनशील बना दिया।

मल्हार राव होल्कर की सबसे उल्लेखनीय उपलब्धियों में से एक सन् 1737 में भोपाल की लड़ाई में हैदराबाद के निजाम के खिलाफ उनकी जीत थी। यह लड़ाई मराठा साम्राज्य और हैदराबाद के निजाम के बीच मालवा के क्षेत्र पर नियंत्रण के लिए लड़ी गई थी। इस लड़ाई में मल्हार राव होल्कर की जीत ने क्षेत्र में मराठा साम्राज्य को एक प्रमुख शक्ति के रूप में स्थापित करने में मदद की।

मल्हार राव होल्कर ने अपने शासनकाल के दौरान अपने राज्य का विस्तार करना जारी रखा और सन् 1766 में अपनी मृत्यु के समय तक उन्होंने एक विशाल मराठा साम्राज्य की स्थापना की थी जिसमें मध्य भारत का अधिकांश हिस्सा शामिल था। उनका उत्तराधिकार उनके पौत्र मल्हार राव होल्कर द्वितीय ने लिया, जिन्होंने अपनी विरासत को जारी रखा और मराठा साम्राज्य का और विस्तार किया।

मल्हार राव होल्कर एक महान् मराठा शासक और सैन्य कमांडर थे जिन्होंने मराठा साम्राज्य के विस्तार में महत्त्वपूर्ण भूमिका निभाई थी। उनकी सैन्य प्रतिभा और प्रशासनिक कौशल ने एक मजबूत और स्वतंत्र मराठा राज्य स्थापित करने

में मदद की, जो बाहरी शक्तियों द्वारा उत्पन्न चुनौतियों का सामना करने में सक्षम था। राजस्व संग्रह, कृषि और व्यापार के क्षेत्रों में उनके योगदान ने उनके राज्य की समृद्धि को बढ़ाने में मदद की और उनकी विरासत आज भी भारतीयों की पीढ़ियों को प्रेरित करती है।

□

72

यशवंत राव होल्कर

होलकर राजवंश के महाराजा थे यशवंत राव होलकर, जिन्होंने सन् 1795 से सन् 1811 तक इंदौर राज्य पर शासन किया था। वे अपनी सैन्य रणनीति, प्रशासनिक क्षमताओं और कूटनीतिक कौशल के लिए जाने जाते थे। उनके शासन में इंदौर राज्य शक्ति और समृद्धि में विकसित हुआ।

जन्म और माता-पिता

यशवंत राव होलकर का जन्म 3 दिसंबर, 1776 को होलकर परिवार में, महेश्वर शहर, वर्तमान मध्य प्रदेश, भारत में हुआ था। वे महाराजा तुकोजी राव होल्कर और महारानी उमाबाई होल्कर के पुत्र थे।

शासन

यशवंत राव होलकर अपने पिता तुकोजी राव होल्कर की मृत्यु के बाद सन् 1795 में इंदौर के सिंहासन पर बैठे। राज्याभिषेक के समय उनकी आयु मात्र 19 वर्ष थी। वे एक बहादुर और सक्षम शासक थे, जिन्होंने होलकर वंश के क्षेत्र का विस्तार किया। उन्होंने सेना को मजबूत किया और अपने राज्य के प्रशासन का आधुनिकीकरण किया। उन्होंने अर्थव्यवस्था में सुधार, कृषि और व्यापार को बढ़ावा देने के लिए नई नीतियों की शुरुआत की।

युद्ध, जीत और हार

यशवंत राव होलकर अपने शासनकाल में कई युद्धों में शामिल रहे। उन्होंने एंग्लो–मराठा युद्धों में अंग्रेजों के खिलाफ लड़ाई लड़ी और सन् 1802 में पूना की

लड़ाई में उन्हें हरा दिया। उन्होंने पेशवा और हैदराबाद के निजाम के खिलाफ भी लड़ाई लड़ी। सन् 1803 में अंग्रेजों ने उनसे संधि कर ली और वे उनके सहयोगी बन गए। सन् 1804 में फर्रुखाबाद की लड़ाई में पेशवा और निजाम की संयुक्त सेना की हार में उनका महत्त्वपूर्ण योगदान था।

सामाजिक कार्य और उपलब्धियाँ

यशवंत राव होलकर अपनी उदारता और परोपकार के लिए जाने जाते थे। उन्होंने मंदिरों, अस्पतालों और स्कूलों के निर्माण के लिए बड़ी रकम दान की। उन्होंने वाराणसी में संस्कृत कॉलेज सहित कई शैक्षणिक संस्थानों की स्थापना की। वे कला और साहित्य के भी संरक्षक थे। उन्होंने मराठी भाषा और साहित्य के विकास को प्रोत्साहित किया और मराठी कवियों तथा लेखकों का समर्थन किया।

यशवंत राव होल्कर का 27 अक्तूबर, 1811 को अचानक बीमारी के कारण 34 वर्ष की आयु में निधन हो गया। उनके पुत्र महाराजा मल्हार राव होल्कर द्वितीय ने उनका उत्तराधिकार ग्रहण किया। यशवंत राव होलकर एक दूरदर्शी शासक थे, जिन्होंने होलकर वंश और इंदौर राज्य के विकास में बहुत योगदान दिया। उनकी विरासत को आज भी सराहा जाता है और उन्हें एक महान् नेता और सच्चे देशभक्त के रूप में सम्मान दिया जाता है।

□

73
रानोजी सिंधिया

रानोजी सिंधिया एक प्रमुख मराठा धनी और ग्वालियर के सिंधिया वंश के संस्थापक थे। वे पेशवा बाजी राव प्रथम के भरोसेमंद लेफ्टिनेंट थे और उन्होंने 18वीं शताब्दी के दौरान उत्तर भारत में मराठा साम्राज्य के विस्तार में महत्त्वपूर्ण भूमिका निभाई थी। वे अपनी बहादुरी और सैन्य रणनीति के लिए जाने जाते थे, जिसने उन्हें कई युद्ध जीतने में मदद की। रानोजी सिंधिया कला और वास्तुकला के संरक्षक भी थे। उनके योगदान को उनके शासनकाल के दौरान बनाए गए सुंदर मंदिरों और स्मारकों में देखा जा सकता है।

जन्म और प्रारंभिक जीवन

रानोजी सिंधिया का जन्म सन् 1726 में शिंदे वंश के मराठा परिवार में हुआ था, जो वर्तमान महाराष्ट्र राज्य के कन्हेरखेड़ा गाँव में स्थित था। उनके पिता, जानकोजी सिंधिया, मराठा सेना में एक सेनापति थे और पेशवा बाजी राव प्रथम के अधीन सेवा करते थे। रानोजी सिंधिया ने अपनी प्रारंभिक शिक्षा अपने गाँव में प्राप्त की और बाद में अपने पिता के मार्गदर्शन में मराठा सेना में शामिल हो गए।

शासनकाल और उपलब्धियाँ

सन् 1745 में राणोजी सिंधिया को उत्तर भारत में मराठा सेना के सेनापति के रूप में नियुक्त किया गया था। उन्होंने क्षेत्र में मराठा शक्ति को मजबूत करने और साम्राज्य के विस्तार में महत्त्वपूर्ण भूमिका निभाई। उनकी पहली बड़ी जीत सन् 1747 में बुरहानपुर की लड़ाई में हुई, जहाँ उन्होंने मुगल सेना को हराया और शहर पर कब्जा कर लिया।

सन् 1751 में राणोजी सिंधिया को मालवा के राज्यपाल के रूप में नियुक्त किया गया और सूबेदार की उपाधि दी गई। अपने कार्यकाल के दौरान उन्होंने उज्जैन में प्रसिद्ध चिंतामन गणेश मंदिर समेत क्षेत्र में कई मंदिरों और किलों का निर्माण करवाया।

सन् 1756 में रानोजी सिंधिया को आगरा के राज्यपाल के रूप में नियुक्त किया गया था और उन्होंने शहर के बुनियादी ढाँचे और वास्तुकला में महत्त्वपूर्ण योगदान दिया। उन्होंने प्रसिद्ध जामा मस्जिद और मोती मस्जिद का निर्माण कराया, जो आज भी मौजूद हैं।

रानोजी सिंधिया भी कला के संरक्षक थे और उन्होंने कई कलाकारों व संगीतकारों को अपने दरबार में आने के लिए प्रोत्साहित किया। वे संगीत के प्रति अपने प्रेम के लिए जाने जाते थे और उन्होंने कई गीतों एवं भजनों की रचना भी की थी।

मृत्यु और विरासत

रानोजी सिंधिया का सन् 1765 में 39 वर्ष की आयु में आकस्मिक बीमारी के कारण निधन हो गया। अपने छोटे शासन काल के बावजूद उन्होंने उत्तर भारत में मराठा साम्राज्य का विस्तार करने और क्षेत्र में अपनी शक्ति को मजबूत करने में महत्त्वपूर्ण भूमिका निभाई। उनका उत्तराधिकार उनके पुत्र जानकोजी सिंधिया ने लिया, जिन्होंने अपने पिता की विरासत को सँभाले रखा और सिंधिया वंश के सबसे प्रमुख शासकों में से एक बने।

रानोजी सिंधिया एक बहादुर और दूरदर्शी नेता थे जिन्होंने उत्तर भारत में मराठा साम्राज्य के विस्तार में महत्त्वपूर्ण भूमिका निभाई थी। वे कला और वास्तुकला के संरक्षक थे। उन्होंने इस क्षेत्र के विकास में महत्त्वपूर्ण योगदान दिया। उनकी विरासत आज भी कायम है और उनके द्वारा स्थापित सिंधिया वंश भारत के प्रमुख शाही परिवारों में से एक है।

□

74

महादजी सिंधिया

महादजी सिंधिया मराठा साम्राज्य के एक प्रमुख शासक थे, जिन्होंने 18वीं शताब्दी के अंत में साम्राज्य के क्षेत्र का विस्तार करने में महत्त्वपूर्ण भूमिका निभाई थी। वे एक शानदार सैन्य रणनीतिकार और कुशल प्रशासक थे, जिन्हें अपने शासनकाल के दौरान मराठा राज्य की नींव मजबूत करने का श्रेय दिया जाता है।

जन्म और प्रारंभिक जीवन

महादजी सिंधिया का जन्म 4 मार्च, 1730 को भारत के वर्तमान मध्य प्रदेश के ग्वालियर क्षेत्र के शिवपुरी गाँव में हुआ था। उनका जन्म एक शक्तिशाली मराठा कुलीन रानोजी सिंधिया और उनकी पत्नी बयाबाई साहिब से हुआ था। महादजी सिंधिया ने अपनी प्रारंभिक शिक्षा मराठा परंपराओं और सैन्य रणनीति में अपने पिता एवं अन्य अनुभवी सैन्य कमांडरों से प्राप्त की।

शासन और युद्ध

महादजी सिंधिया ने अपने पिता के नेतृत्व में एक सैन्य कमांडर के रूप में अपना राजनीतिक जीवन शुरू किया। अपने पिता की मृत्यु के बाद वे उनके उत्तराधिकारी बने और सन् 1761 में ग्वालियर राज्य के शासक बने। अपने शासनकाल के दौरान, उन्होंने जयपुर, दिल्ली और आगरा सहित पड़ोसी राज्यों पर कब्जा करके अपने क्षेत्र का विस्तार किया।

महादजी सिंधिया ने सन् 1761 में मराठा साम्राज्य की पानीपत की तीसरी लड़ाई में एक महत्त्वपूर्ण भूमिका निभाई, जहाँ मराठों को अफगान शासक अहमद

शाह दुर्रानी के खिलाफ करारी हार का सामना करना पड़ा। वे युद्ध के मैदान से भागने में सफल रहे और इस क्षेत्र पर नियंत्रण हासिल करने के लिए मराठा सेना को फिर से संगठित किया।

महादजी सिंधिया ने फ्रांसीसी और अन्य भारतीय शासकों के खिलाफ अपने युद्धों के दौरान अंग्रेजों का समर्थन करने में भी महत्त्वपूर्ण भूमिका निभाई थी। उन्होंने ब्रिटिश ईस्ट इंडिया कंपनी के साथ गठबंधन किया और एंग्लो-फ्रांसीसी युद्धों के दौरान उन्हें सैन्य सहायता प्रदान की।

सामाजिक कार्य और उपलब्धियाँ

महादजी सिंधिया न केवल एक कुशल सैन्य कमांडर थे, बल्कि एक दूरदर्शी शासक भी थे, जिन्होंने अपनी प्रजा के जीवन स्तर को सुधारने के लिए कई पहल की। उन्होंने अपने साम्राज्य में व्यापार और वाणिज्य की सुविधा के लिए नहरों, पुलों और सड़कों सहित कई सार्वजनिक योजनाओं का निर्माण किया।

महादजी सिंधिया कला और साहित्य के संरक्षक थे। उन्होंने अपने शासनकाल में मराठी संस्कृति और साहित्य के विकास को प्रोत्साहित किया। उन्होंने कई शैक्षणिक संस्थानों की स्थापना भी की और अपने साम्राज्य में आधुनिक शिक्षा के प्रसार को बढ़ावा दिया।

महादजी सिंधिया एक उल्लेखनीय शासक थे जिन्होंने 18वीं शताब्दी के दौरान भारत के राजनीतिक और सांस्कृतिक परिदृश्य को आकार देने में महत्त्वपूर्ण भूमिका निभाई थी। उनके सैन्य कौशल, प्रशासनिक कौशल और सामाजिक पहल ने उन्हें मराठा साम्राज्य के सबसे प्रमुख व्यक्तियों में से एक बना दिया। 12 फरवरी, 1794 को उनका निधन हो गया, जो आज भी लोगों को प्रेरित करने वाली विरासत को पीछे छोड़ गए हैं।

□

75
वीर सिंह देव

वीर सिंह देव मध्य भारत के बुंदेला वंश के एक प्रमुख राजा थे। उन्होंने 1605 से 1627 ई. तक शासन किया। उन्होंने अपनी सैन्य विजय, मंदिरों के निर्माण और कलाओं के संरक्षण के लिए जाना जाता है।

जन्म और प्रारंभिक जीवन

वीर सिंह देव का जन्म 1588 ई. में रामचंद्र देव और रानी दुर्गावती के घर हुआ था, जो गोंड साम्राज्य की रानी थीं। उनके पिता बुंदेला वंश के राजा थे और उनका पालन-पोषण उनके चाचा मधुकर शाह के दरबार में हुआ था। वीर सिंह देव को छोटी उम्र से ही मार्शल आर्ट और सैन्य रणनीति में प्रशिक्षित किया गया था।

शासन

वीर सिंह देव अपने पिता की मृत्यु के बाद 1605 ई. में गद्दी पर बैठे। उन्हें एक छोटा राज्य विरासत में मिला और उन्होंने सैन्य विजय के माध्यम से इसका विस्तार किया। उन्होंने ओरछा, दतिया तथा चंदेरी के पड़ोसी राज्यों को हराया और अपने क्षेत्र का विस्तार किया। वीर सिंह देव एक बहादुर योद्धा थे और उन्होंने अपनी सेना को कई लड़ाइयों में जीत दिलाई।

युद्ध और विजय

वीर सिंह देव को उनकी सैन्य विजय के लिए याद किया जाता है। उन्होंने 1625 ई. में सामूगढ़ की लड़ाई में मुगल सम्राट जहाँगीर के खिलाफ जीत के लिए अपनी सेना का नेतृत्व किया। उन्होंने अंबर के शक्तिशाली राजपूत राजा मान सिंह

को भी हराया और रणथंभौर के किले पर कब्जा कर लिया। वीर सिंह देव के सैन्य कौशल ने उन्हें 'द लायन ऑफ बुंदेलखंड' की उपाधि दी।

मंदिरों का निर्माण

वीर सिंह देव कला के संरक्षक थे और उन्होंने अपने शासनकाल में कई मंदिरों और स्मारकों का निर्माण कराया। उन्होंने ओरछा में प्रसिद्ध लक्ष्मी नारायण मंदिर और ग्वालियर में चतुर्भुज मंदिर बनवाया। ये मंदिर अपनी खूबसूरत वास्तुकला और जटिल नक्काशी के लिए जाने जाते हैं।

सामाजिक कार्य

वीर सिंह देव अपने सामाजिक कार्यों के लिए जाने जाते थे और उन्होंने अपने शासनकाल के दौरान गरीबों एवं जरूरतमंदों की मदद की। उन्होंने अपनी प्रजा के लाभ के लिए कई सार्वजनिक कुएँ और तालाब बनवाए। उन्होंने अपने राज्य में हस्तशिल्प और उद्योगों के विकास को भी प्रोत्साहित किया।

उपलब्धियाँ

वीर सिंह देव एक महान् राजा थे और उनकी उपलब्धियाँ अनेक हैं। उन्होंने सैन्य विजय के माध्यम से अपने राज्य का विस्तार किया और कई मंदिरों और स्मारकों का निर्माण किया। वे कला के संरक्षक थे और उन्होंने हस्तशिल्प और उद्योगों के विकास को प्रोत्साहित किया। मुगलों और राजपूतों के खिलाफ वीर सिंह देव की सैन्य जीत ने एक बहादुर योद्धा के रूप में उनकी प्रतिष्ठा स्थापित की।

मृत्यु और विरासत

एक लंबे और सफल शासन के बाद 1627 ई. में वीर सिंह देव की मृत्यु हो गई। उनके बाद उनके पुत्र झुझार सिंह गद्दी पर बैठे। वीर सिंह देव को बुंदेला वंश के सबसे महान् राजाओं में से एक के रूप में याद किया जाता है। उनकी सैन्य विजय, मंदिरों का निर्माण और कलाओं के संरक्षण ने मध्य भारत में एक स्थायी विरासत छोड़ी है। उनका जीवन और उपलब्धियाँ आज भी लोगों को प्रेरित करती हैं।

□

निष्कर्ष एवं उपसंहार

जैसा कि हम 'भारत के पराक्रमी राजा' पर इस जीवनी पुस्तक के अंत में आते हैं, हमें भारतीय इतिहास के पाठ्यक्रम पर इन शासकों के अविश्वसनीय प्रभाव की याद आती है। मौर्य साम्राज्य से लेकर मराठा साम्राज्य तक इन राजाओं ने अपने पीछे एक ऐसी विरासत छोड़ी जो आज भी हमारे साथ प्रतिध्वनित होती है।

भारतीय उपमहाद्वीप दुनिया के कुछ सबसे पुराने और सबसे शक्तिशाली साम्राज्यों का घर रहा है। इन साम्राज्यों की विशेषता उनके मजबूत और दूरदर्शी शासक थे, जिनकी अपने लोगों और अपनी भूमि के प्रति अटूट प्रतिबद्धता थी। वे अपनी नवीन और आगे की सोच वाली नीतियों से भी चिह्नित थे, जिसने इतिहास के पाठ्यक्रम को आकार देने में मदद की।

मौर्य साम्राज्य, जिसकी स्थापना तीसरी शताब्दी ई. में चंद्रगुप्त मौर्य ने की थी, भारतीय इतिहास के सबसे महत्त्वपूर्ण साम्राज्यों में से एक है। सम्राट अशोक के नेतृत्व में मौर्य साम्राज्य अपने चरम पर पहुँच गया और दुनिया के सबसे बड़े साम्राज्यों में से एक बन गया। अशोक अपने शिलालेखों के लिए सबसे ज्यादा जाने जाते हैं, जो पूरे साम्राज्य में स्तंभों और चट्टानों पर खुदे हुए थे। इन फरमानों ने सहिष्णुता, अहिंसा और नैतिक व्यवहार को बढ़ावा दिया और भारत के लोगों पर इसका गहरा प्रभाव पड़ा।

गुप्त साम्राज्य, जिसने चौथी से छठी शताब्दी तक शासन किया, भारतीय इतिहास में एक और महत्त्वपूर्ण साम्राज्य है। सम्राट चंद्रगुप्त प्रथम के नेतृत्व में गुप्त साम्राज्य कला, विज्ञान और साहित्य का केंद्र बन गया। गुप्त काल को भारतीय

इतिहास में एक स्वर्णयुग माना जाता है और इसने गणित, खगोल विज्ञान और चिकित्सा जैसे क्षेत्रों में महत्त्वपूर्ण प्रगति देखी।

चोल साम्राज्य, जिसने 9वीं से 13वीं शताब्दी तक शासन किया, दक्षिण भारत के सबसे शक्तिशाली साम्राज्यों में से एक था। चोल शासकों को उनके सैन्य कौशल, उनकी नवीन सिंचाई प्रणाली और कला के संरक्षण के लिए जाना जाता था। चोल काल ने वास्तुकला, साहित्य और मूर्तिकला में महत्त्वपूर्ण प्रगति देखी।

विजयनगर साम्राज्य, जिसने 14वीं से 17वीं शताब्दी तक शासन किया, दक्षिण भारत में एक और महत्त्वपूर्ण साम्राज्य था। विजयनगर के शासक कला के संरक्षण और हिंदू धर्म के प्रचार के लिए जाने जाते थे। सम्राट कृष्णदेव राय के नेतृत्व में साम्राज्य अपने चरम पर पहुँच गया, जो कला और साहित्य के एक महान् संरक्षक थे।

मराठा साम्राज्य, जिसने 17वीं से 19वीं शताब्दी तक शासन किया, भारतीय इतिहास के अंतिम महान् साम्राज्यों में से एक था। मराठा शासकों को उनके सैन्य कौशल और उनकी नवीन प्रशासनिक प्रणालियों के लिए जाना जाता था। शिवाजी महाराज के नेतृत्व में साम्राज्य अपने चरम पर पहुँच गया, जिन्हें महाराष्ट्र में नायक और मुगलों के खिलाफ प्रतिरोध का प्रतीक माना जाता है।

इन साम्राज्यों और उनके शासकों ने भारतीय इतिहास की स्थायी विरासत छोड़ी है। उनकी नवीन नीतियों, सैन्य विजय और कला के संरक्षण ने भारतीय इतिहास के पाठ्यक्रम को आकार देने में मदद की है। भारतीय संस्कृति और सभ्यता के विकास में भी इनका महत्त्वपूर्ण योगदान रहा है।

जैसा कि हम इन महान् राजाओं की विरासत पर विचार करते हैं, हमें दूरदर्शी नेतृत्व, नैतिक व्यवहार और समाज की बेहतरी के प्रति प्रतिबद्धता के महत्त्व की याद दिलाई जाती है। ये शासक न केवल सत्ता या धन प्राप्त करने में रुचि रखते थे, बल्कि अपनी प्रजा और अपनी मातृभूमि के प्रति उनकी गहरी प्रतिबद्धता भी थी। उन्होंने सतत विकास के महत्त्व को समझा और न्यायसंगत समाज बनाने की दिशा में काम किया।

अंत में, भारत के पराक्रमी राजा दूरदर्शी नेतृत्व की शक्ति और एक व्यक्ति के इतिहास के पाठ्यक्रम पर पड़ने वाले प्रभाव का एक वसीयतनामा है। जैसा

कि हम अपने स्वयं के समाजों का निर्माण करना जारी रखते हैं और अपने स्वयं के भविष्य को आकार देते हैं, हम इन महान् शासकों द्वारा निर्धारित उदाहरणों से बहुत कुछ सीख सकते हैं। वे अपने पीछे एक समृद्ध विरासत छोड़ गए हैं जिससे हम प्रेरणा ले सकते हैं।

□□□